都铎家族的伊丽莎白

玛格丽特·都铎 —— 詹姆士四世·斯图亚特
苏格兰国王
1488—1513

詹姆士五世·斯图亚特
苏格兰国王
1513—1542

法国的玛德琳
第一任妻子

海林的玛丽
第二任妻子

玛丽·斯图亚特

致亲爱的读者朋友：

您也许会感到惊奇，在书的每个页面上都标记了两个页码。
一个是黑色的，即拿在您手中的这本书的页码。
另一个是浅色带括号的，对应的是《伊丽莎白·都铎》那一本的页码。

原则上，这两部作品可被看作互不相干，可以分别阅读。

然而，当二者结合在一起时，便构成了双部曲。它们通过镜像的方式来反映玛丽·斯图亚特与伊丽莎白·都铎截然相反的人生和性格，从而形成一个鲜明的对照。好奇的读者可以凭借这些设计巧妙的双重页码在两本书中找到相互呼应的页面，从而（或许可以）品味这其中的文字、图像或剧情游戏。如果在早高峰的地铁中做这项练习，会格外有意思的。

玛丽·斯图亚特

蓟与玫瑰

NICOLAS JUNCKER

[法] 尼古拉·容克 著　谢昱 译

广东旅游出版社
中国·广州

图书在版编目（CIP）数据

蓟与玫瑰. 玛丽·斯图亚特 /（法）尼古拉·容克
(Nicolas Juncker) 著；谢昱译. — 广州：广东旅游
出版社，2020.11（2021.12 重印）

ISBN 978-7-5570-2329-4

Ⅰ. ①蓟… Ⅱ. ①尼… ②谢… Ⅲ. ①历史小说—法
国—现代 Ⅳ. ① I565.45

中国版本图书馆 CIP 数据核字 (2020) 第 176219 号

Original Title : *La Vierge et la Putain - Coffret*
Authors: Nicolas Juncker
© 2015 Editions Glénat by Nicolas Juncker - All rights reserved
Simplified Chinese Edition arranged through Dakai Agency Limited
本书中文简体版权归属于银杏树下（北京）图书有限责任公司

著作权合同登记号：图字 19-2020-091

出 版 人：刘志松			
著　　者：[法] 尼古拉·容克	译　　者：谢昱		
校　　对：后浪漫	选题策划：后浪出版公司		
责任编辑：方银萍　蔡筠	出版统筹：吴兴元		
责任校对：李瑞苑	特约编辑：蒋潇潇		
责任技编：冼志良	营销推广：ONEBOOK		
装帧制造：墨白空间·何睽晨			

蓟与玫瑰：玛丽·斯图亚特
JI YU MEIGUI: MALI SITUYATE

广东旅游出版社出版发行

（广州市荔湾区沙面北街71号）
邮编：510130
印刷：华睿林（天津）印刷有限公司　　开本：720毫米×1000毫米　　16开
字数：22千字（全2册）　　　　　　　印张：13（全2册）
版次：2021年12月第1版第2次印刷　　定价：138.00元（全2册）

读者服务：reader@hinabook.com　188-1142-1266
投稿服务：onebook@hinabook.com　133-6631-2326
直销服务：buy@hinabook.com　133-6657-3072
网上订购：https://hinabook.tmall.com/（天猫官方直营店）

常年法律顾问：北京大成律师事务所周天晖　copyright@hinabook.com
未经许可，不得以任何方式复制或抄袭本书部分或全部内容
版权所有，侵权必究

本书若有质量问题，请与本公司图书销售中心联系调换。电话：010-64010019

男人们,

还能再给她什么呢?

十六岁，

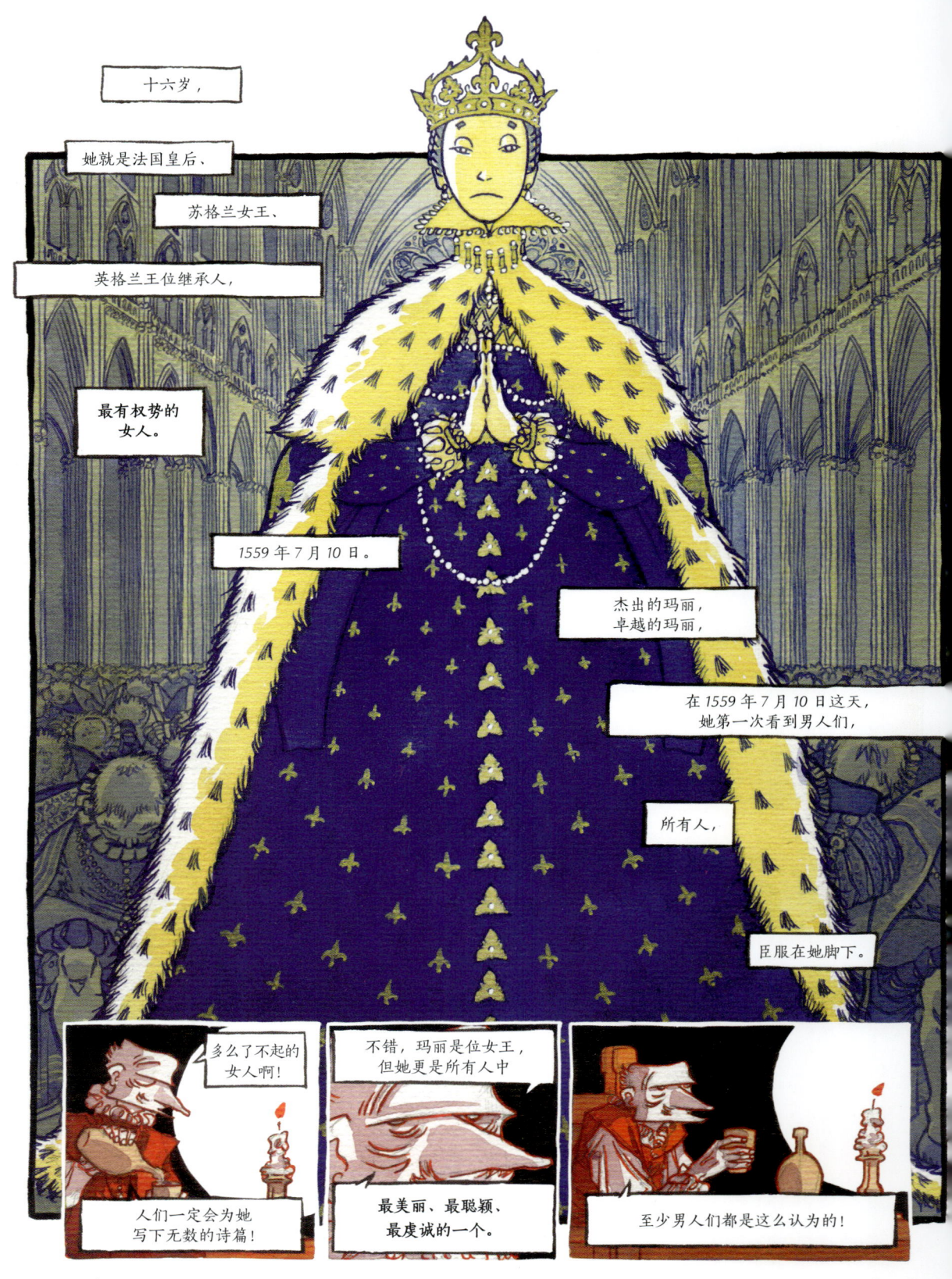

她就是法国皇后、

苏格兰女王、

英格兰王位继承人，

最有权势的女人。

1559年7月10日。

杰出的玛丽，
卓越的玛丽，

在1559年7月10日这天，
她第一次看到男人们，

所有人，

臣服在她脚下。

——多么了不起的女人啊！

——不错，玛丽是位女王，但她更是所有人中

——人们一定会为她写下无数的诗篇！

最美丽、最聪颖、最虔诚的一个。

——至少男人们都是这么认为的！

哦，不对……

还真有一个笨蛋持不同意见。

她的丈夫。

彼埃尔·德·龙沙，诗人。

不……

等等……

并不是这么简单……

你们看，我一直都体弱多病，比如……

呼啦！VLAM!

陛下！

法国弗朗索瓦二世，第一任丈夫。

您听说了吗？

伊丽莎白！安妮·博林的女儿！

亲爱的……

呃……

她母亲是被逐出天主教会的人！

又一个都铎家族的人统治英格兰啦！

她是个私生女。

是……

那……

一个异教徒的私生女！

英格兰人以为他们能随心所欲地选人做女王吗？

呃……

那么……

亨利八世没有直系继承人，我才是英格兰女王。

第一个既做法国皇后，又做苏格兰及英格兰联合王国女王的人……

我。

玛丽！

[100]

VLAM！ 呼啦

那……

我经常这儿疼。

有时是这儿。

我想给你们看看。

或这儿……

……非常难受。

画师！

马上！

而我妻子根本不在乎我。

伊丽莎白·都铎！

的确，亨利八世的小女儿不很合法……

总之，

这纯属胡闹。

玛丽·斯图亚特！

我们都把她给忘了。

但英格兰人怎么也不会让一个法国皇后登上宝座呀！

把英格兰纹章加到我们的王室徽章上，

可我妻子很不循规蹈矩……

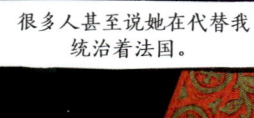

很多人甚至说她在代替我统治着法国。

哈！哈！

话说回来, 不得不承认……	我们的统治就像她本人一样,	光彩照人!	从布卢瓦堡到香波堡…… 从香波堡到卢浮宫,
环绕在我们周围的, 都是最出色的人才,	真是最出色的!	诗人贝莱、龙沙…… 作家布朗托姆、画家克卢埃!	啊!啊! 他们都为她着迷!
从伟大的弗朗索瓦一世到现在…… 我的血管里还流淌着他的血液呢……	人们从未见过如此盛况!	从未见过宫廷内…… 如此充满活力!	诗意!
奢华!	优雅!	没有…… 从没有见过宫廷内……	如此生机勃勃!

怎么样，陛下？

看到这些谋逆者人头落地，您的心情好一些了吗？

这只是要提醒某些人，想要国王流血，结果只有杀无赦。

哈！哈！

您该不是指我哥哥血管里流的东西吧？

一点儿也没有，我亲爱的小叔。

那些浅粉色的液体……

像是要从他每个毛孔里渗出来似的!

哦!

对了……

您得多加小心。

我哥哥弗朗索瓦好像病得不轻呀。

当心可别又做回斯图亚特家族的人。

我母亲可是不大喜欢您呀。

陛下!

请您赶快回宫!

快!

求求您!

陛下!陛下!

国王要不行了。

让我们实话实说,

并没什么人为法国国王的死感到悲伤。

可这个体弱多病又有先天缺陷的弗朗索瓦二世

毕竟是玛丽·斯图亚特的第一任丈夫,谁又知道,

他是不是她的初恋?

亲爱的嫂子!

你让她,这个小媚妇,很难堪呀!

听说瓦朗西纳的圣玛蒂尔德修道院很不错呢!

嘻嘻!

呵呵!

那当然了,现在我是国王!

大家都知道玛丽·斯图亚特,不是吗?

她的统治还不到一年!

她曾经是所有人的皇后,使法国的美丽和智慧得以升华……

没有家。

没有孩子。

没有后援。

都回不来了……

哎!哦!

可现在她什么也不是了。

这就完了吗?

玛丽·斯图亚特!

装模作样的女人!

查理九世,法国国王、小叔。

我母亲为法国做的比她多一千倍……

可没有人在乎!

玛丽她做过什么,除了嫁给我哥哥、扭扭屁股以外?

什么都没有!

她才十八岁,让她从哪儿来的就回哪儿去吧!

回她那乡下老家去。

斯图亚特家啊，

总算给她留了块地，不是吗？

苏格兰！

玛丽·斯图亚特要求一个与她身份相符的告别仪式——奢华耀眼。

但很多人都希望这个告别仪式尽快收场。

迎着英吉利海峡的风暴和波涛，玛丽·斯图亚特向着她最初的也是最终的王国驶去。

当然，苏格兰人还不知道他们将得到什么……

而法国人也不知道他们已经失去了什么。

欢迎回到您的王国，陛下！

欢迎回到苏格兰!

我立马就明白了我在跟谁打交道。

詹姆士·斯图亚特，莫里勋爵，同父异母哥哥、苏格兰摄政王。

我同父异母的妹妹是个多嘴多舌的蠢女人！

法国女人。

从头到脚都流露着对苏格兰的厌恶。

一见面，我就讨厌她。

陛下，咱们把话讲清楚。

苏格兰人可不喜欢您。

您知道，不到一年前，我们刚刚击退了法国的进攻。

您也不能怪他们，您是个法国女人，还是天主教徒。

您得承认这些都对您很不利。

| 不管怎样，我都希望您能逐渐对他们产生好感。 | 他们酗酒、斗殴。 | 啊！我们到了！ |

他们粗鲁、骄傲、暴躁。 他们都是勇敢的人，虽然他们并不爱戴您。 当然啦，这里可不是香波堡。

哇啊啊啊！

我们今天终于成功生起了火！

我承认这个场面有点儿……夸张。

我要传达一个信息！

我办到了。

可我别无选择。

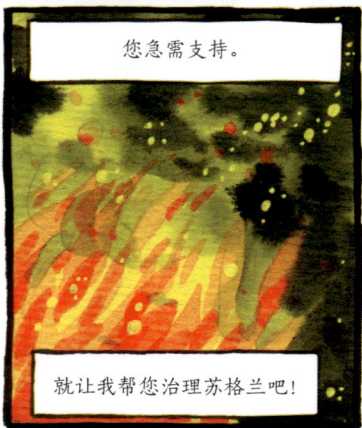

> 我还没跟您提起您的表亲……伊丽莎白。

> 英格兰女王担心您在她的边境上建立一个天主教王国……

> 相信我,现在您被夹在您的臣民和您的表亲之间……

> 您急需支持。就让我帮您治理苏格兰吧!

> 我对苏格兰了如指掌。

> 我会为您重拾民心的,陛下。

> 就是她,跟人私通!

> 她从法国来!那个淫荡之地!

> 她和那些鸡奸、手淫的人狼狈为奸,企图出卖我们的灵魂!

> 就是她!玛丽·斯图亚特!

我们能让她做我们的君主吗?

这头发情的母猪?

约翰·诺克斯,牧师、苏格兰宗教改革创始人。

约翰·诺克斯!

都不用我去鼓动他,这个狂热的蠢货,他憎恨所有的女人。

他演说的恶毒性和对民众的煽动力都不容小觑!

哈!哈!

再说啦,苏格兰人认定,他们的女王就是个**货真价实的婊子**。

约翰·诺克斯!

他会让玛丽·斯图亚特一败涂地。

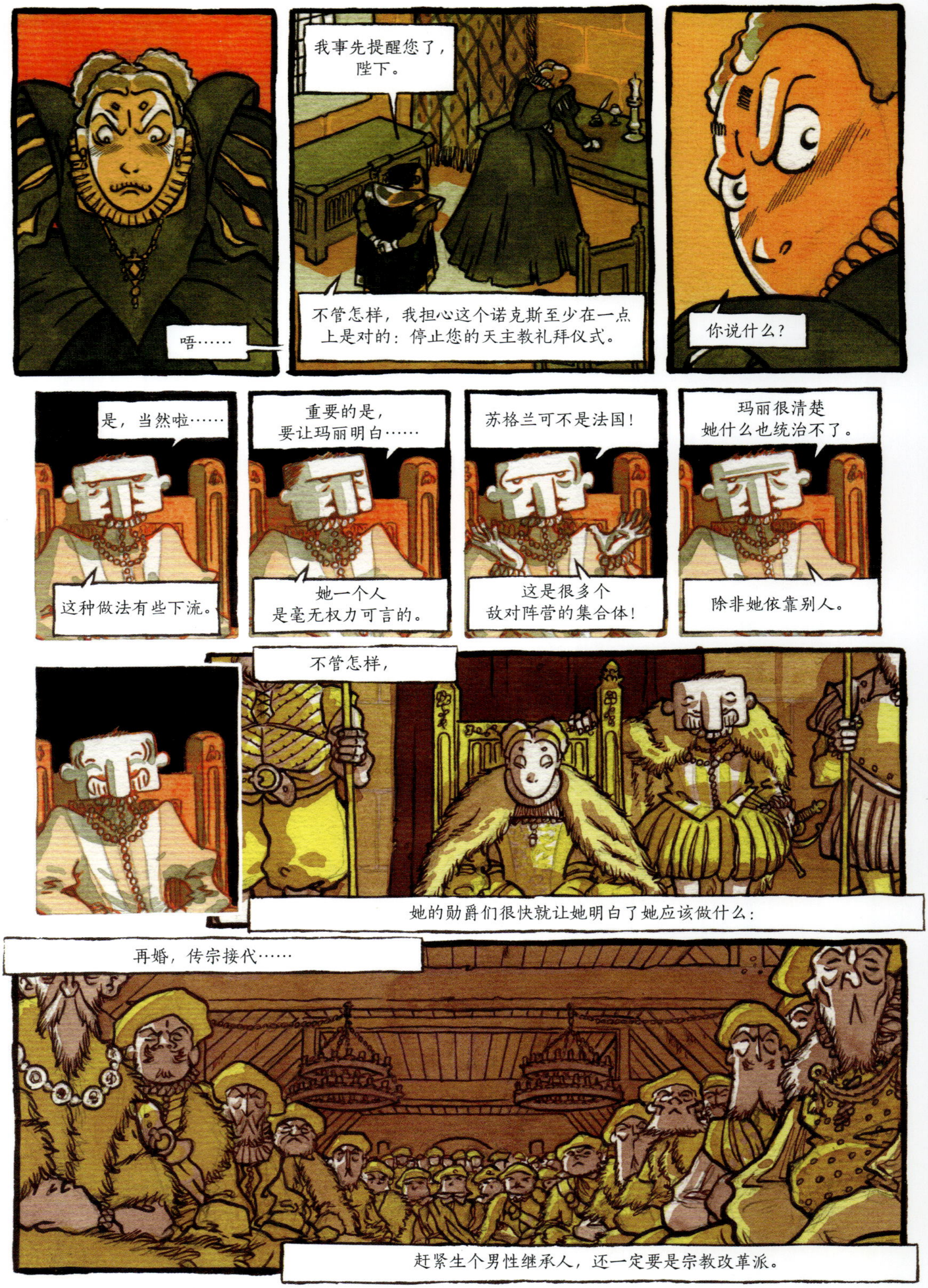
唔……
我事先提醒您了，陛下。
不管怎样，我担心这个诺克斯至少在一点上是对的：停止您的天主教礼拜仪式。
你说什么？
是，当然啦……
这种做法有些下流。
重要的是，要让玛丽明白……
她一个人是毫无权力可言的。
苏格兰可不是法国！
这是很多个敌对阵营的集合体！
玛丽很清楚她什么也统治不了。
除非她依靠别人。
不管怎样，
她的勋爵们很快就让她明白了她应该做什么：
再婚，传宗接代……
赶紧生个男性继承人，还一定要是宗教改革派。

我可是玛丽·斯图亚特!

想都别想让我嫁个烂醉如泥的野蛮人!

您明白我的意思吧?

梅尔维尔?

她当时确实美丽动人。

我们很少人对她有好感。

詹姆斯·梅尔维尔,苏格兰大使。

我很明白,陛下……

可我们在各国王室的努力都失败了……

那是自然啦!

哪个精神正常的人会想要这个破烂国家?

但您的勋爵们已经失去耐心了,陛下……

他们很快就不能容忍一个女人的统治了……

您对未来夫婿的选择将……

哈!哈!

您在想什么呀,梅尔维尔?

在法国,我只不过是皇后。

而现在,我是**女王**。在我自己的国家。

我不会让**任何一个男人**抢走我的王位。

哈!哈!看看伊丽莎白这条毒蛇吧,梅尔维尔!

如今已经不是你们男人的时代了!

呃,正好……

说到英格兰女王……

[84]　　　　21

伊丽莎白给我推荐了一个丈夫?

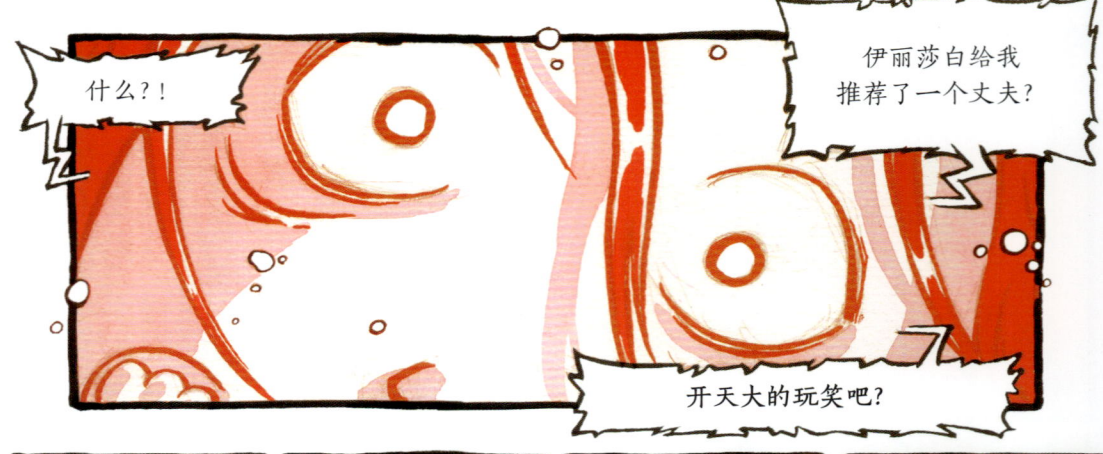

什么?!

开天大的玩笑吧?

太好了!
这个达德利看起来很不错呀!

您说笑呢吧?
他是加尔文教派①的!而且全世界都知道,他是伊丽莎白的老情人!

算啦……您跟我一样清楚,您的表亲不可能有……
正是如此!
他一定是个侏儒!是个驼背!

莫里,出去。梅尔维尔,留下。

我的勋爵们不肯给我选择的余地?那好!

您马上去英格兰。
说服这个达德利,让他拒绝娶我。然后,想办法给我找个配得上我的丈夫。

上帝呀。

谁也别想再强加给我一个丈夫了。

谁也不能。

绝不。

可怜我吧!

别让他们把我送到苏格兰去!

幸好对我们来说……

① 加尔文教派,新教的重要派别(或称改革宗、归正宗),创始人是约翰·加尔文。

"达德利问题"迎刃而解。

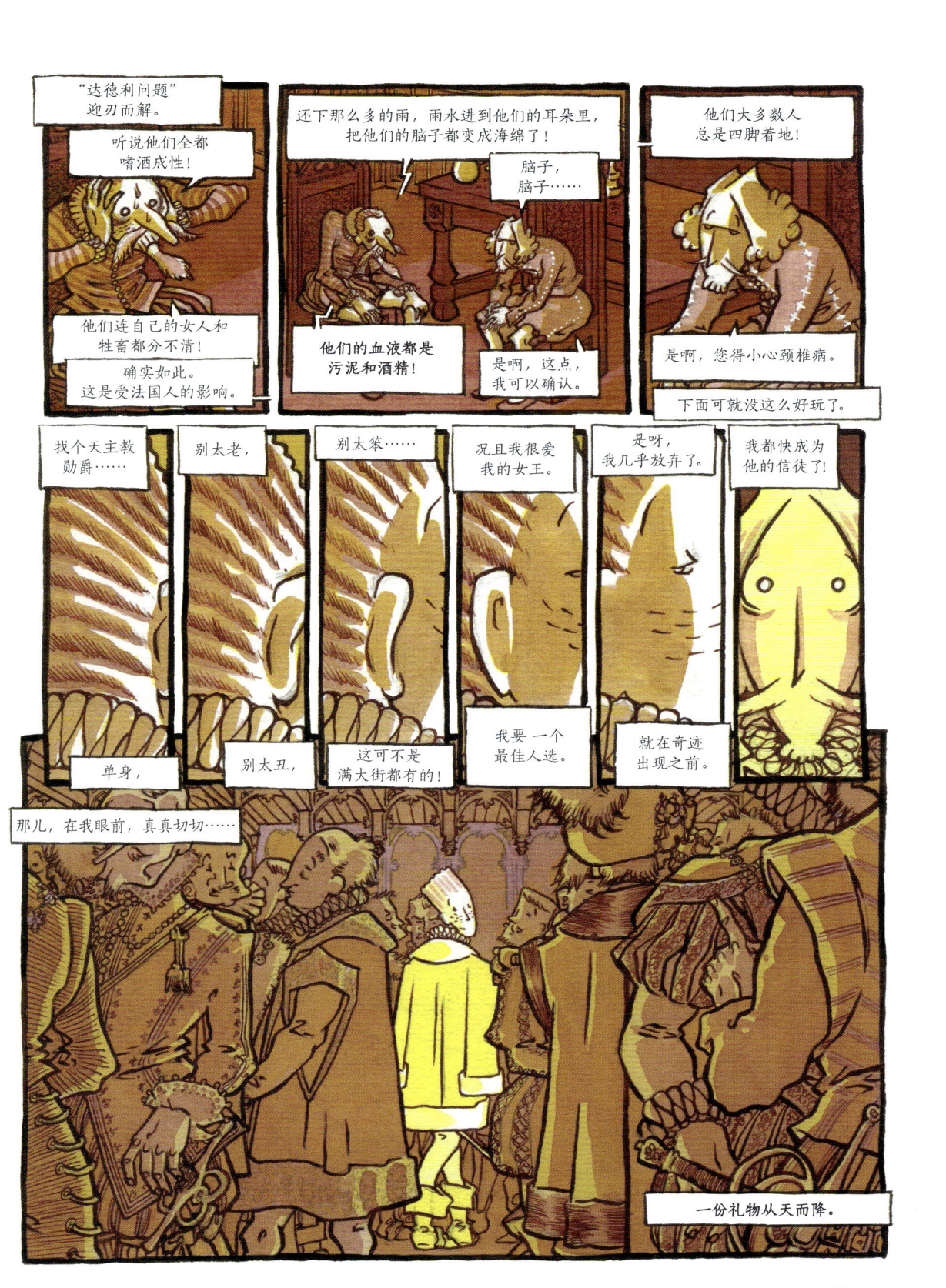

听说他们全都嗜酒成性!

他们连自己的女人和牲畜都分不清!

确实如此。
这是受法国人的影响。

还下那么多的雨,雨水进到他们的耳朵里,把他们的脑子都变成海绵了!

脑子,脑子……

他们的血液都是污泥和酒精!

是啊,这点,我可以确认。

他们大多数人总是四脚着地!

是啊,您得小心颈椎病。

下面可就没这么好玩了。

找个天主教勋爵……

单身,

别太老,

别太丑,

别太笨……

这可不是满大街都有的!

况且我很爱我的女王。

我要一个最佳人选。

是呀,我几乎放弃了。

就在奇迹出现之前。

我都快成为他的信徒了!

那儿,在我眼前,真真切切……

一份礼物从天而降。

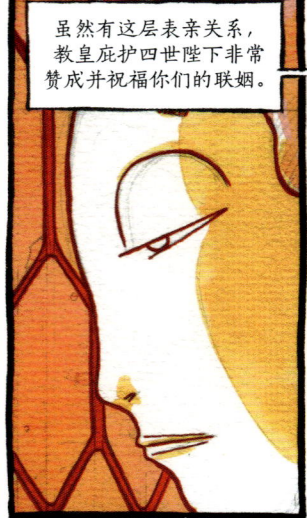

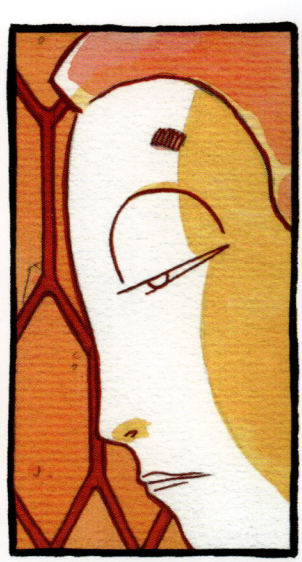

达恩利勋爵是亨利七世的直系后裔。

他也来自斯图亚特家族。

虽然有这层表亲关系，教皇庇护四世陛下非常赞成并祝福你们的联姻。

达恩利勋爵是天主教徒。

伊丽莎白憎恨他们全家。

他英俊吗？

英俊？

达恩利勋爵？

婚礼于 1565 年 6 月 29 日举行。

我们知道苏格兰的勋爵们,以莫里为首,都非常恼火,但没料到……

他们如此恼火。

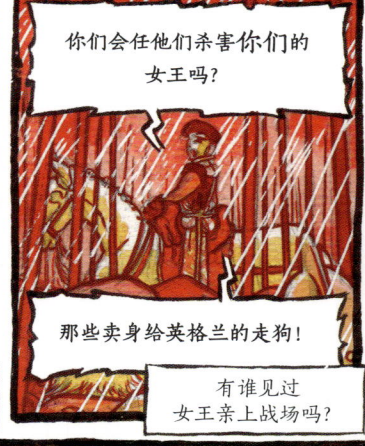

苏格兰人!

我是你们的女王!

你们的苏格兰女王!

亨利七世的孙女!

詹姆士五世的女儿!

有谁见过女王一身戎装吗?

你们会任他们杀害你们的女王吗?

那些卖身给英格兰的走狗!

有谁见过女王亲上战场吗?

上帝。

你们就任由伊丽莎白践踏吗?

几乎没有人能让我如此血脉偾张!

我也绝不是唯一的一个。

杀死那些叛徒!

我军大获全胜。

叛军灰飞烟灭。

莫里快马逃到了英格兰!

他对他的惨败仍然不明就里……

圣女贞德重生……

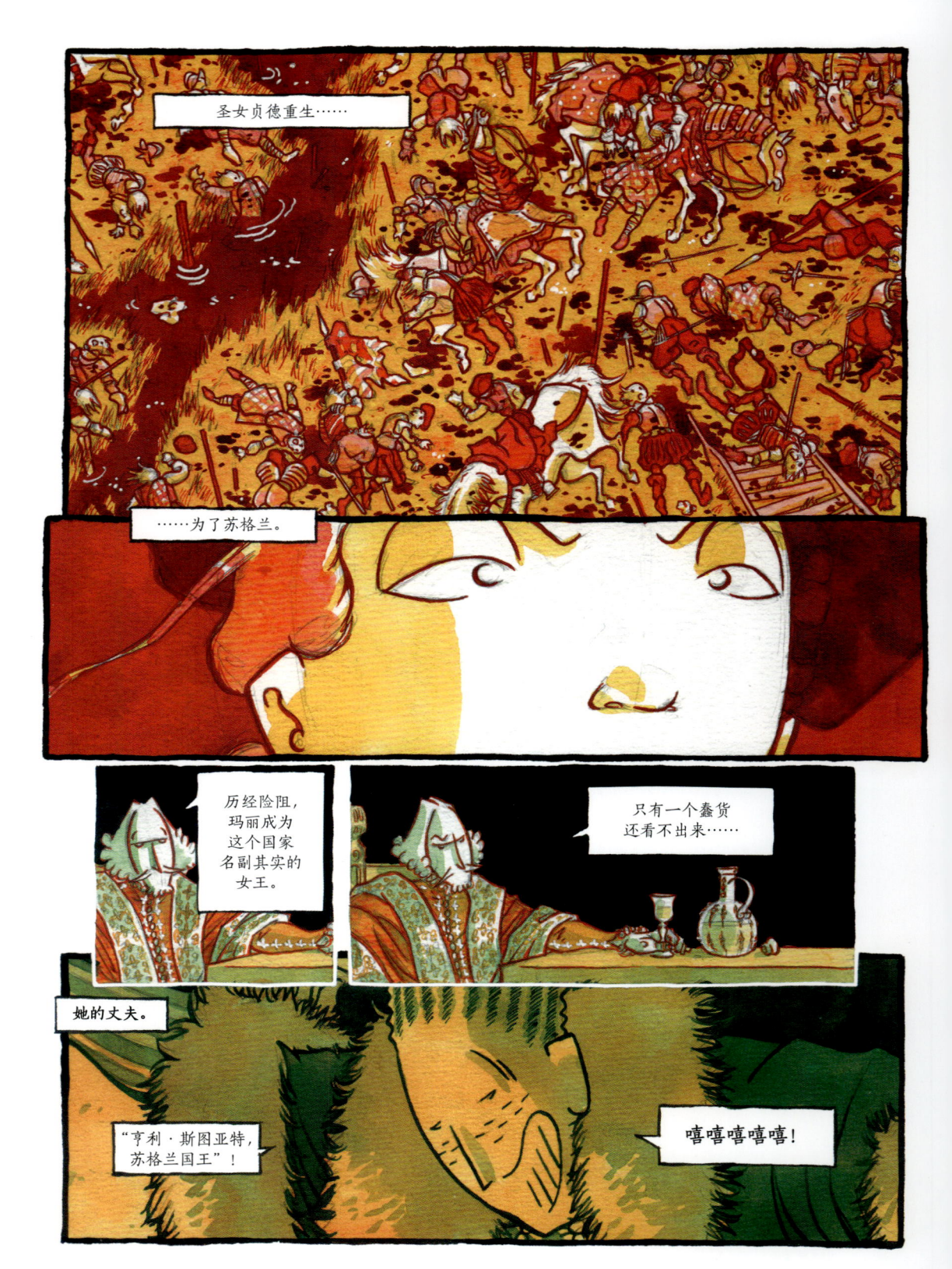

……为了苏格兰。

历经险阻，玛丽成为这个国家名副其实的女王。

只有一个蠢货还看不出来……

她的丈夫。

"亨利·斯图亚特，苏格兰国王"！

嘻嘻嘻嘻嘻！

> 现在一切都要变了。

亨利·斯图亚特，达恩利勋爵，第二任丈夫。

国王陛下驾到。

早上好啊，我正直的臣民们！

怎么样？

你们还想从我妻子身上榨取什么呀？

哈！哈！

你们一直都玩得很开心呀，嗯？

嗯？

亨利，

安静，玛丽。我干脆跟你们都挑明了吧：

你们那些小把戏，那些农民的伎俩，都给我收起来吧。

现在，在你们面前的是个男人。

一个男人。

我说什么来着，一个男人……

一个国王。

玛丽！

我亲爱的！

你为什么非要来这里呢？

这些议会不是你应该参加的……

为什么不去跟你的侍女们绣绣花呢？

我来统治这个国家，你就不要担心了！

哈！哈！

去吧，亲爱的，去玩吧。

晚上见！

呃……

可……

请您原谅，陛下……

在议会上只有女王陛下才有决断权。

啊！你们这些胆小鬼！

这是女王陛下的命令。

只是……

你们疯了！我……陛下！

您的正式称谓只是，呃，"王夫"。

"王夫"？

可悲的是，玛丽固执己见，什么也听不进。

首先是我的名字从政令签名上消失了。

随后，人们不再称我为"陛下"！

还有更糟的！甚至我的脸，

都从钱币上消失了！

玛丽原本太软弱。

一定要有所行动了。

要让他们知道！上下尊卑！

什么？

VLAM!!
哐啷

召开议会都没有通知我？

呃……殿下？

议……议会已经结束了……

女王和她的议员们都走了……

已经有一个多小时了。

啊,这群垃圾!

他们知道了我很厉害。

可如果他们想要迫使玛丽单独与他们开会……

玛丽!

他们还不了解我亨利·斯图亚特!

玛丽!

玛——丽!

玛丽!我亲爱的!

我们得谈谈!

呃……

亲王……

你找死呢吧?我是国王!!!

是,呃,不,呃,是女王不许我们……呃……

作为王夫,呃……

什么?

亨利,

够了。

我,玛丽·斯图亚特,苏格兰女王,

不想再在我的套房里看见您了。

我会派人通知您何时在公开场合露面的。

啊!忘说了……

我怀孕了。

是您的孩子。

王夫。

VLAM!

嘭!

玛丽?

玛……

玛～丽，

玛～丽，

玛……

丽……

婊～子。

殿下?

殿下！

我能跟您说话吗？非常重要！

| 殿下！ 唔～ 嗯～

您听到传言了吗？

全都 苏格兰 在说这事！

女王怀 的孩子……

他 不 是 您 的！

他很可能是那个里齐奥的！

那个成了她"私人秘书"的意大利花花公子！

必须除掉这个浪荡子！

让您的妻子和苏格兰人都看看谁才是国王！

谁？

里齐奥？

致敬爱的伊丽莎白陛下，英格兰及爱尔兰女王陛下，

现在我敢肯定玛丽·斯图亚特对她的婚姻感到很后悔，而且很厌恶她的丈夫和他的家族。我还了解到达恩利自以为有很多同盟，他们正在密谋夺取玛丽·斯图亚特的王位。我知道如果密谋成功，在国王的默许下，不出十天，戴维·里齐奥就会身首异处。

托马斯·伦道夫爵士，英格兰大使

但比这更可怕的事情传到了我的耳朵里……

因为,事实上……

发生了袭击事件，

是针对女王陛下……

她本人的。

啊啊啊！

啊啊啊啊啊啊！

快！叫医生！

去通知国王！

出什么事了？

亨利——！！

怎……

玛丽！

女王疼得非常厉害！

孩子！！！

您的孩子！亨利！我会流产的！

可，可……

我求求您！

我……我恳求您……

把我从牢房里放出去！！

为了他，为了您的儿子！

我的爱人。

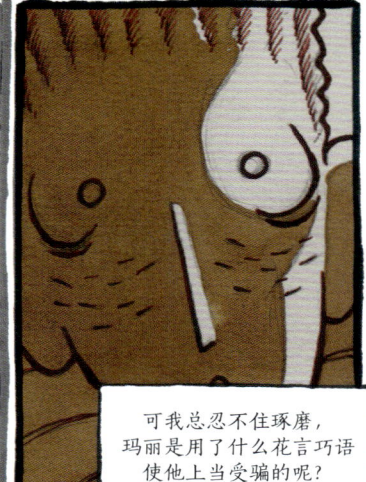

对,我承认,这位达恩利不是什么精明强干的人……

可我总忍不住琢磨,玛丽是用了什么花言巧语使他上当受骗的呢?

因为他马上就把她从牢房里放了出来,

其中就有从英格兰秘密返回的莫里……

这个蠢货竟然承认他们打算谋杀她,玛丽女王!

向她坦白了这些以后,无论是谁都会逃得远远的。

并干脆把参加这次政变的所有人的名单都交给了她!

这还不算什么!

再把他自己扶上宝座!哈!哈!

可是达恩利不。

这个笨蛋坚信他的魅力,他们的爱情,或是其他我也不知道的什么东西。

总而言之,他把她放跑了,在莫里手下的眼皮子底下。

让她与我和我的人会合。

詹姆斯·赫伯恩，博思韦尔勋爵，苏格兰大元帅。

重掌政权轻而易举。

在我和玛丽面前……

很快就惊慌溃散。

由莫里指挥的叛军……

而莫里，又熟门熟路地逃到伦敦去了！

玛丽坐回了她的宝座。

这个女人真是不简单呀！

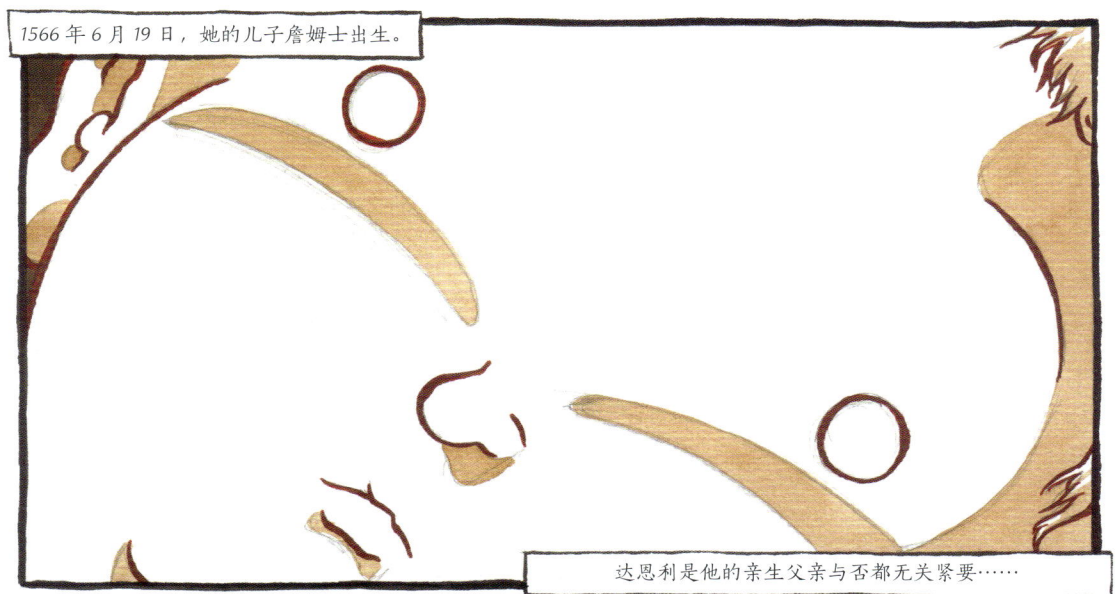

1566年6月19日,她的儿子詹姆士出生。

达恩利是他的亲生父亲与否都无关紧要……

全苏格兰都认为不是!

颓废衰竭。

他离开苏格兰……

这个男人完了。

玛丽和他有了个儿子,这已经远远足够了。

回英格兰他父亲那里生活了。

一路顺风,微不足道的人!

詹姆斯,詹姆斯……

你怎么会如此强大呢?

嗯。

了不起，这个玛丽。

她公开羞辱她的丈夫。

她又是女王了。

就是这样，玛丽。

她的报复横扫全国。

所有蠢货在她面前都吓得屁滚尿流。

而我，我睡了女王。

男人就是强大。

好啦，我看出来她爱上我了……

不过话说回来，她是会给人带来霉运的！

而且她总有些奇怪的地方……

有点儿说不出的淫荡。

况且我已经是有妇之夫！

跟她睡睡觉就行了。

这已经足够我好好整治整治这个国家了。

爵士,您行事就像个国王!

如果真是这样,苏格兰会怎样啊!

嗯?

爵士?

哼。

就是说……

好吧。

我也不知道她是怎么做到的。

她说的也不是完全没有道理呀!

苏格兰应该有个比达恩利强得多的男人。

事实上……

好吧,她把我说动了。

一个真正的国王呗。

我越想就越……

用她小女人的手段。

达恩利如此懦弱……

非常懦弱!

嗯。

我现在才明白……

苏格兰需要一个男人，
在我身边。
一个强大的男人。

嗯。

不是吗？

爵士？

哦！您这不是
在游说我杀了
您的丈夫吧？

不……

哦。

嗯。

您不明白……

哼。

我爱您。

问题是这个达恩利离开了王宫!

他住在附近的一座别墅里。

烂醉如泥,但很谨慎,这个达恩利。

我只想到了一种方法。

就是炸了这座别墅。

一个彻底的解决方法。

别老这么看着我!

您想怎样?

等着他自己消失吗?

我们在说达恩利!达——恩利!

那个想要推翻您的小丑!

那个懦夫!酒鬼!

自以为是的蠢货!

那个像杀猪一样杀了里奇奥的人!

那个连您都想杀的人。

噢,他妈的,嗯!

这种事,要么一起干,要么就不干!

如果您不愿意,那我就停手!

可是,詹姆斯……

不!

我……

我爱您。

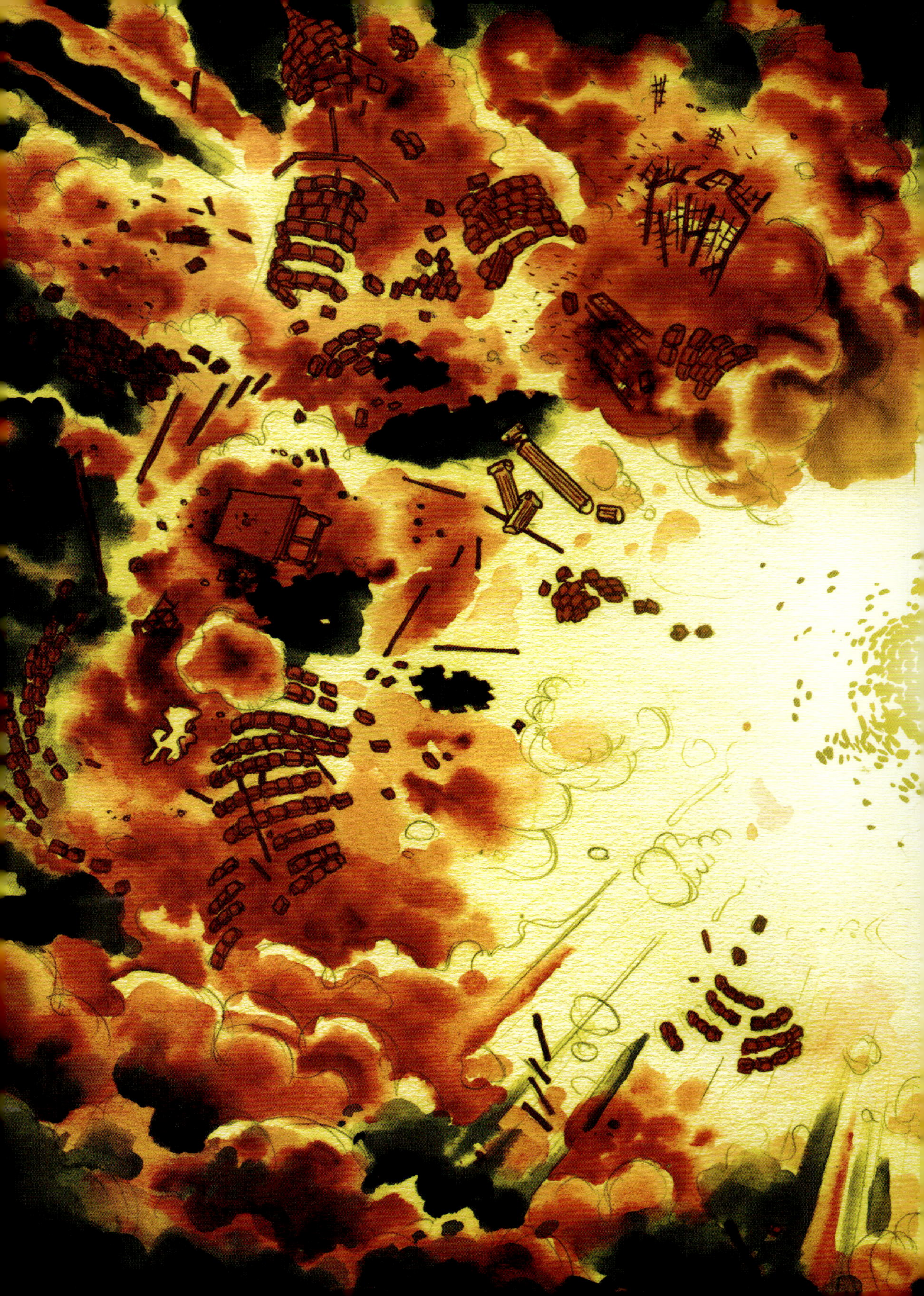

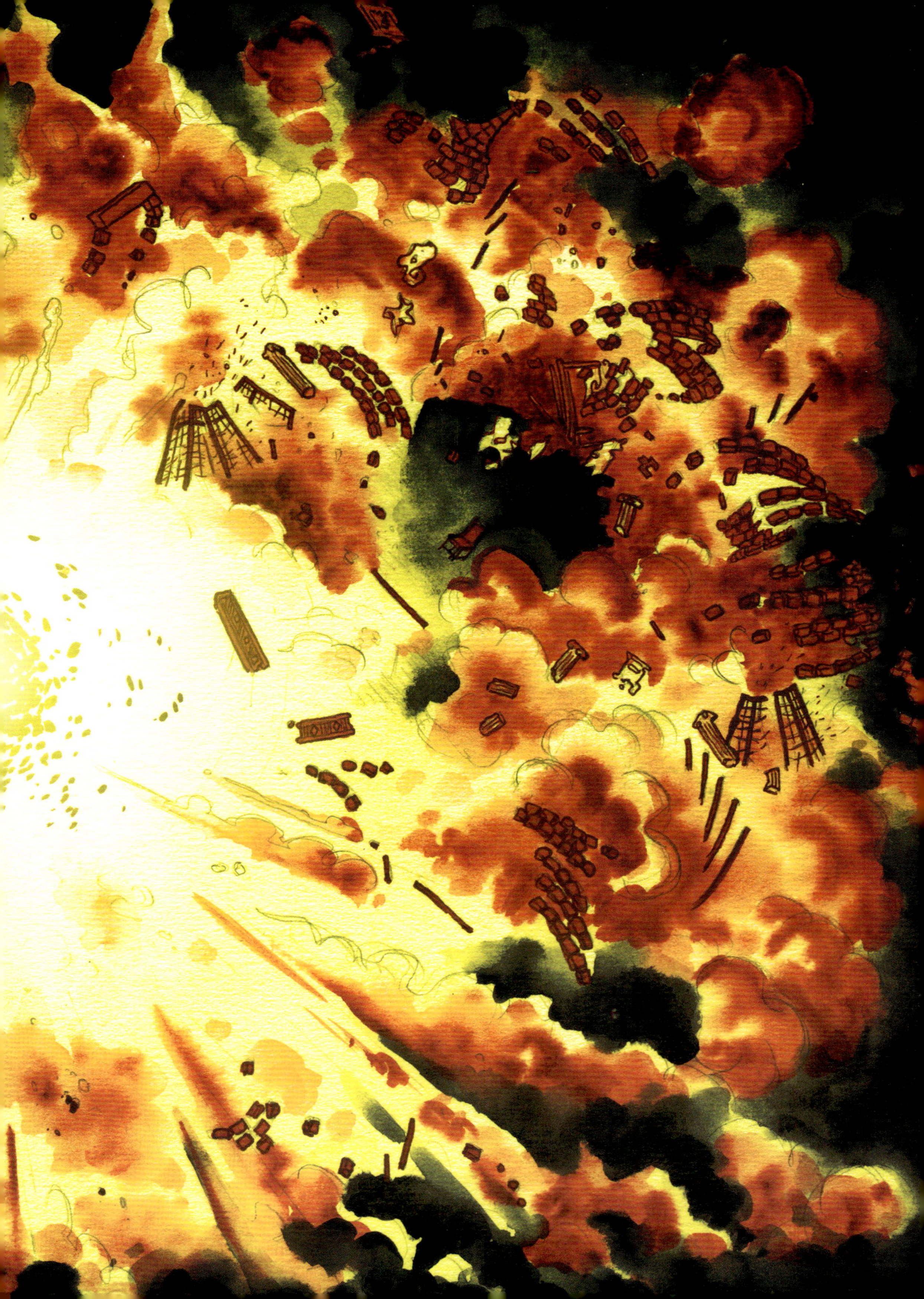

国王
死了！

国王死了！

国王死了！！

嗯。

国王死了！！！

嗯？

乱套了!

玛丽!

玛——丽!

你听见没有?

快起来呀,上帝!

玛丽!!!

噢!

上帝呀，
玛丽！
你不会现在要
退缩吧？
你要我再提醒你
一遍那个蠢货
是谁吗？
没什么
可后悔的！
哦！
玛丽！
做都做了，玛丽。
我们现在自由了。
玛丽！！！

我们要进行严厉的审判!

我们要提拿凶手!

要把他们剁成肉酱!

斩尽杀绝!

毫不留情!

都明白了吗?

毫不留情!

对,不错。

他们都清楚这是我跟玛丽干的。

那个达恩利,住在王宫外的一所破房子里……

房子爆炸了……

嗯,是。

可能做得是太明显了。

我知道吊死几个人是不会平息民议的。

我可是处决了不少人啊。

问题是玛丽。

玛丽!

醒醒吧,上帝呀!

你得有所反应呀!

你是女王!

哭啊,喊啊!

要求严惩凶手啊!

玛——丽!

这些女人呀,真是拿她们没办法。

是她一手促成的……

轰,事情一出却撒手不管了!

不得已我也只能自己想办法了。

我借机宣布了我们的婚事。

玛丽和我的。

他们都觉得不可思议。

那我就只能让他们把形势看得更清楚些。

然后,一切就水到渠成了。

> 上帝呀……
> 真是可悲啊！

> 他们先谋杀了国王……
> 然后又宣布结婚！

> 一场低级闹剧。

莱辛顿勋爵，威廉·梅特兰，内政大臣。

> 可耻。
> 他们几乎是偷偷摸摸地结了婚。

> 而且是按照新教仪式！
> 她疯了！

> 外面的人们都表示强烈不满。
> 所有人都想要他们的命。

> 她完了。

> 我是少数几个支持她的人之一……
> 我恳求您，陛下……

试图挽救她。

> 法国和西班牙都义愤填膺。
> 怒火也席卷了全国！

一场战争正在酝酿中！

我恳求您!

放弃博思韦尔吧!

放弃我的丈夫?

您还可以解除这场婚姻啊!

您才是女王呀!

我不知道她是否在听我说。

也不知道她是否听进去了。

可那些勋爵就没有她这么慎重了。

莫里又回来了。

最后连博思韦尔本人都不见了！

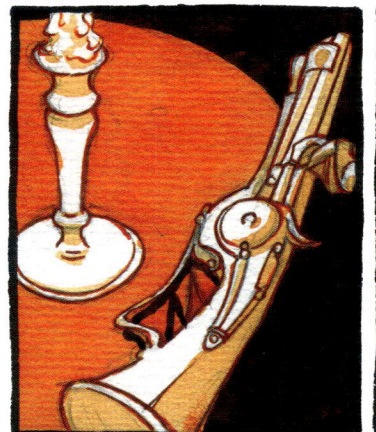

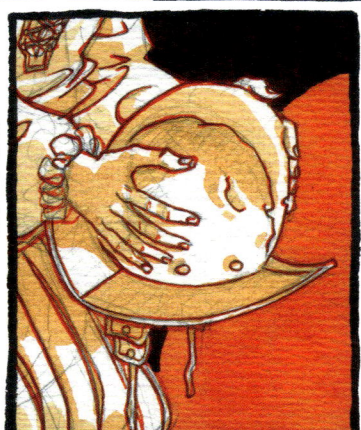

玛丽孤身一人，叛军就在城外。

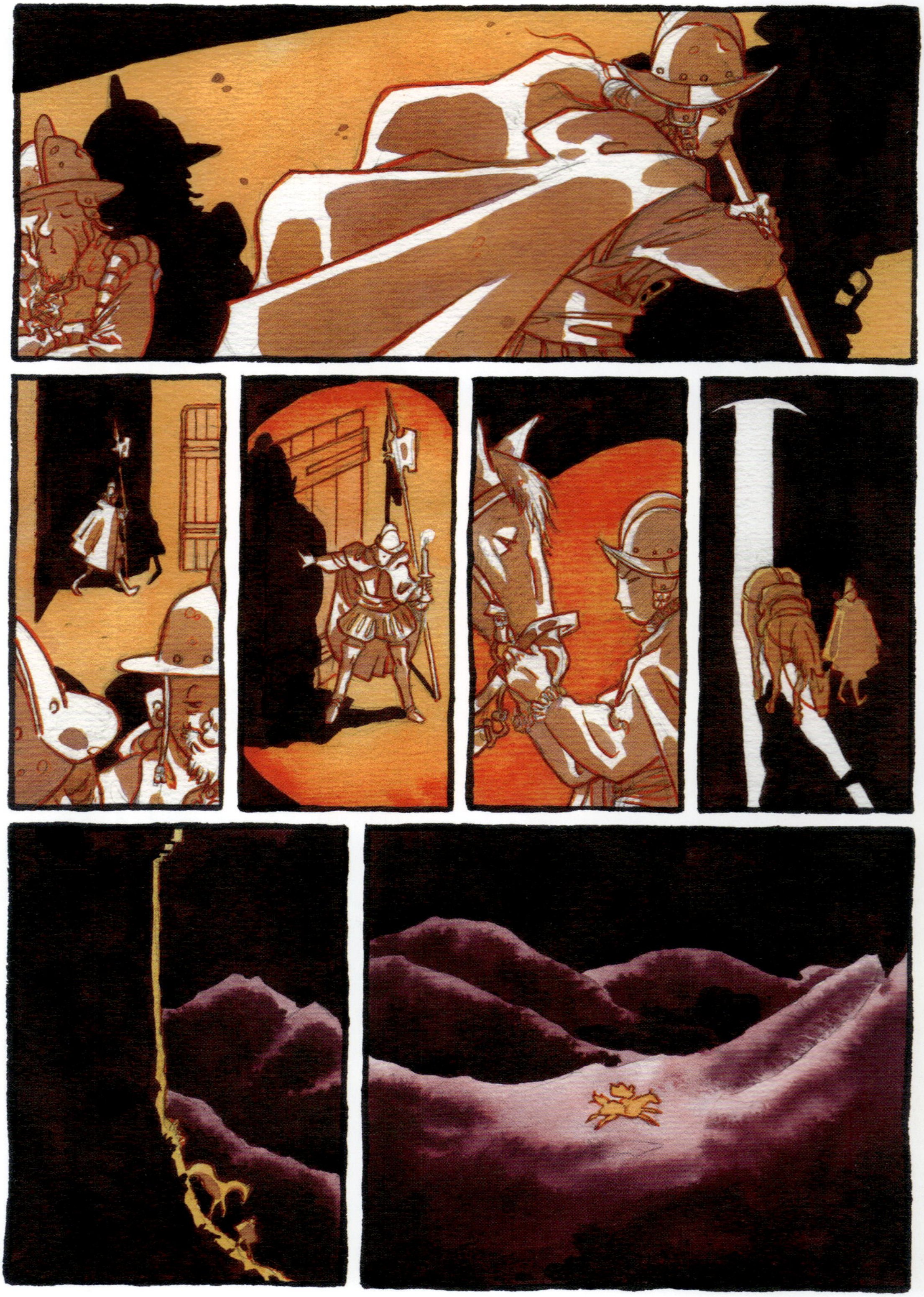

博思韦尔逃到博斯威克去了,他完蛋了。

请不要动女王!

她已经明白自己错了……

她会放弃博思韦尔的!

而且,她会亲口告诉您的!

大人!大人!

女王!女王昨晚跑了!

她去找博思韦尔了!

很显然,外交途径受到重创。

我要活捉这个贱人。

我要让她把她的权杖生吞下去!

这是玛丽·斯图亚特的第三次苏格兰战争。

你们看见了吗?

一支农民军!

哈!哈!

我们会把他们一举拿下!

停!

停!

停!

停!

停!!

停!

女王有话要说!

您过去,梅特兰。

但是别忘了:

我要活捉这个贱人。

陛下……
行了，梅特兰。

您是莫里的使者。
我不需要您的怜悯。

这个畜生肯定是冲着我本人来的吧？

我可以投降，但是有一个条件：

让我的丈夫走。

嗯？

放了博思韦尔？您……您就别想了！

人们要的就是他的命！

可莫里要我的命。

我还是女王，梅特兰。

我不是在谈判。

而是在下命令。

否则，你们得同我开战。

然后杀了我。

我，玛丽·斯图亚特。

你们的女王。

哈！哈！
看看吧，先生们！

这是我们国家重要的一天！

呜呜！

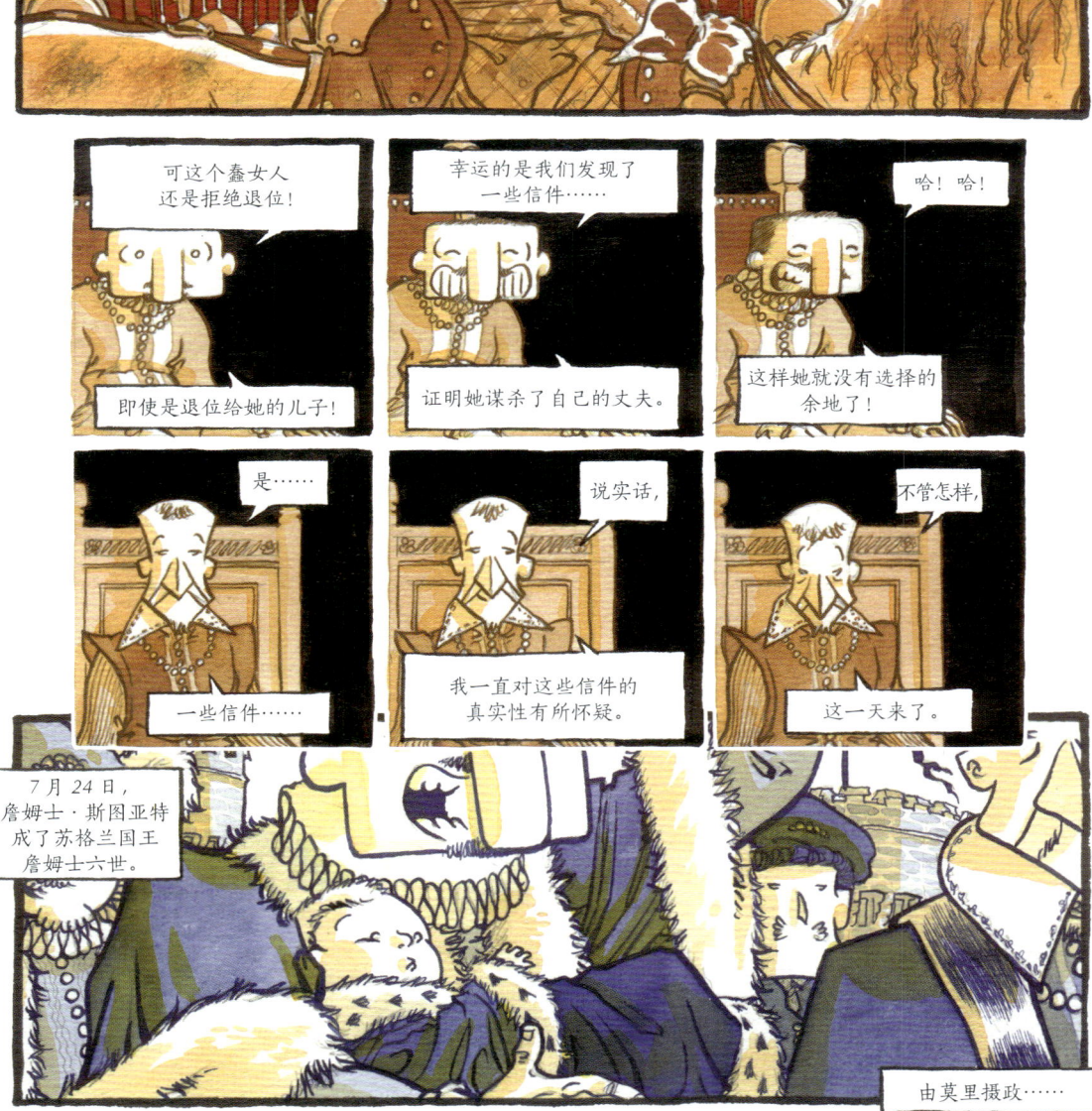

去死吧，荡妇！

婊子！

杀死这个贼人！

母狗！

可这个蠢女人还是拒绝退位！

即使是退位给她的儿子！

幸运的是我们发现了一些信件……

证明她谋杀了自己的丈夫。

哈！哈！

这样她就没有选择的余地了！

是……

一些信件……

说实话，

我一直对这些信件的真实性有所怀疑。

不管怎样，

这一天来了。

7月24日，詹姆士·斯图亚特成了苏格兰国王詹姆士六世。

由莫里摄政……

玛丽再次被关押。

在一座岛上！

列文湖城堡。

玛丽被关押。

这当然不会持续太久。

啊，是啊……

她很美。
托马斯·鲁思文，第一位看守。

真美啊……

对，呃，我们把鲁思文撤换了。

这个笨蛋爱上了她！
乔治·道格拉斯，第二位看守。

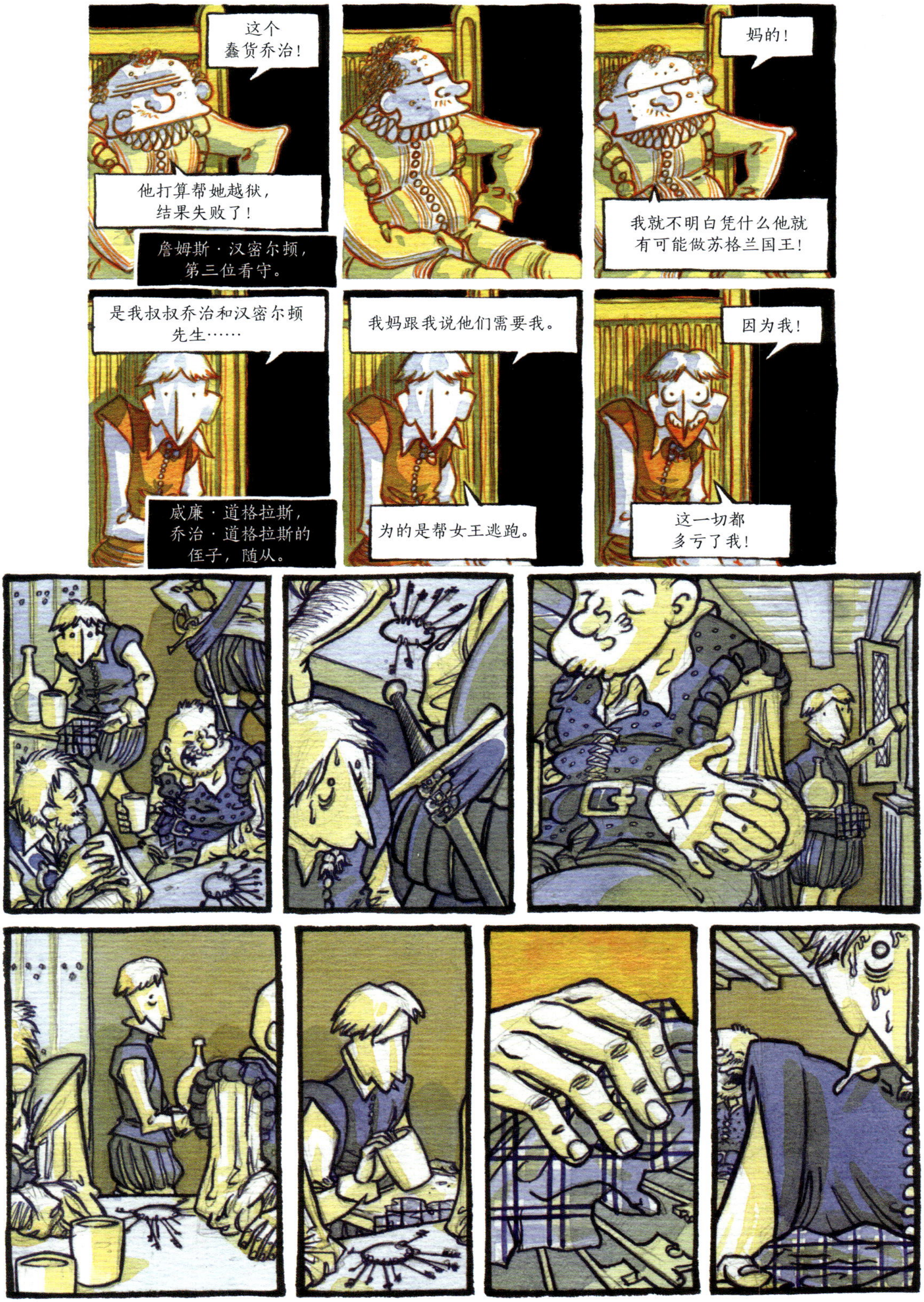
这个
蠢货乔治！
他打算帮她越狱，
结果失败了！
詹姆斯·汉密尔顿，
第三位看守。
妈的！
我就不明白凭什么他就
有可能做苏格兰国王！
是我叔叔乔治和汉密尔顿
先生……
威廉·道格拉斯，
乔治·道格拉斯的
侄子，随从。
我妈跟我说他们需要我。
为的是帮女王逃跑。
因为我！
这一切都
多亏了我！

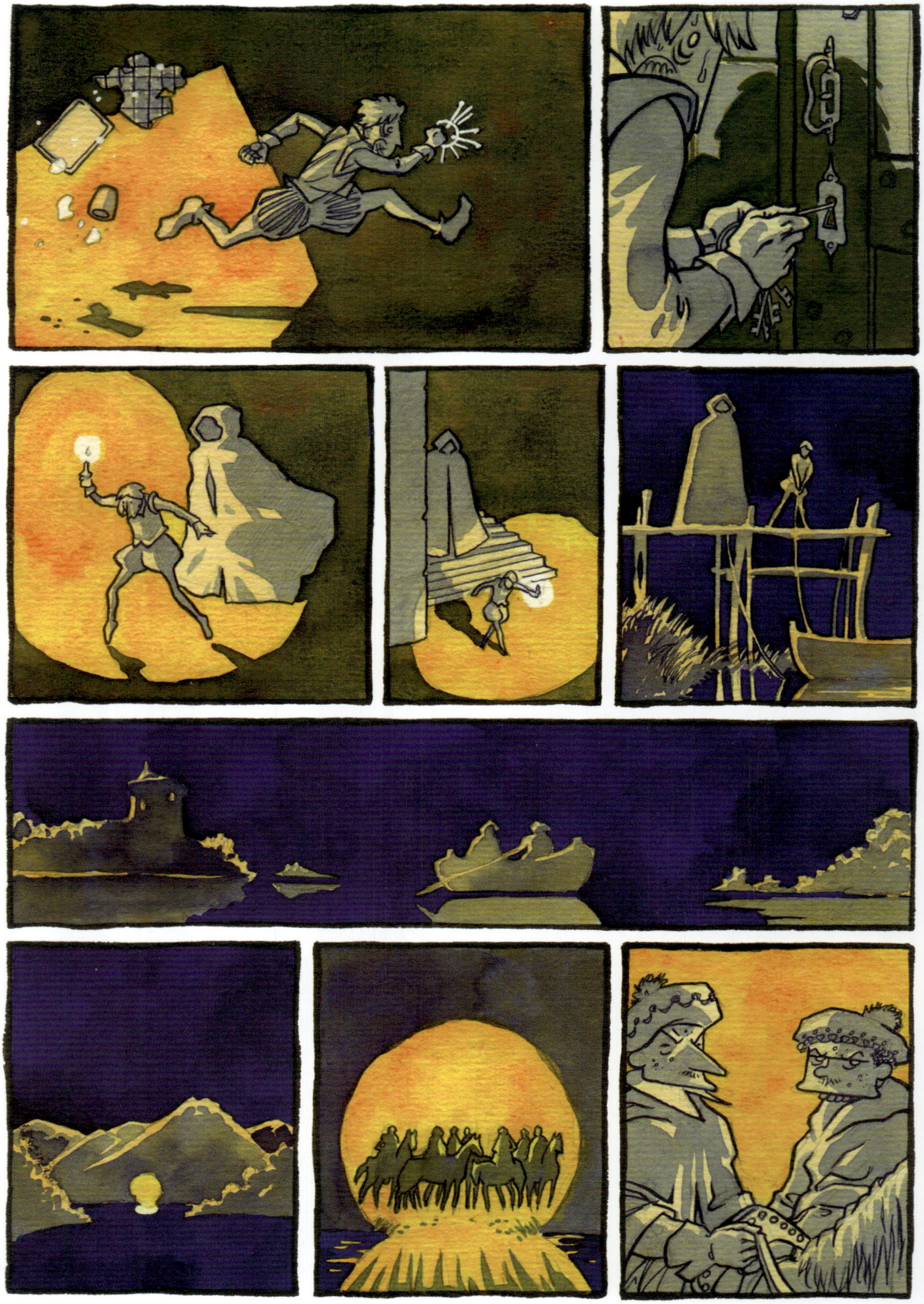

被关押十五天后,玛丽·斯图亚特重获自由。

她还争取到很多勋爵的支持……

甚至还有法国和西班牙大使……

六天后,她就拥有了一支六千人的队伍。

玛丽·斯图亚特再次正式成为苏格兰女王。

他们早就受够了莫里的统治!

他们来参见她,向她示好……

就是这样。

5月13日。

但很快就结束了。

苏格兰又陷入内战!

在兰塞德爆发。

一场大屠杀!

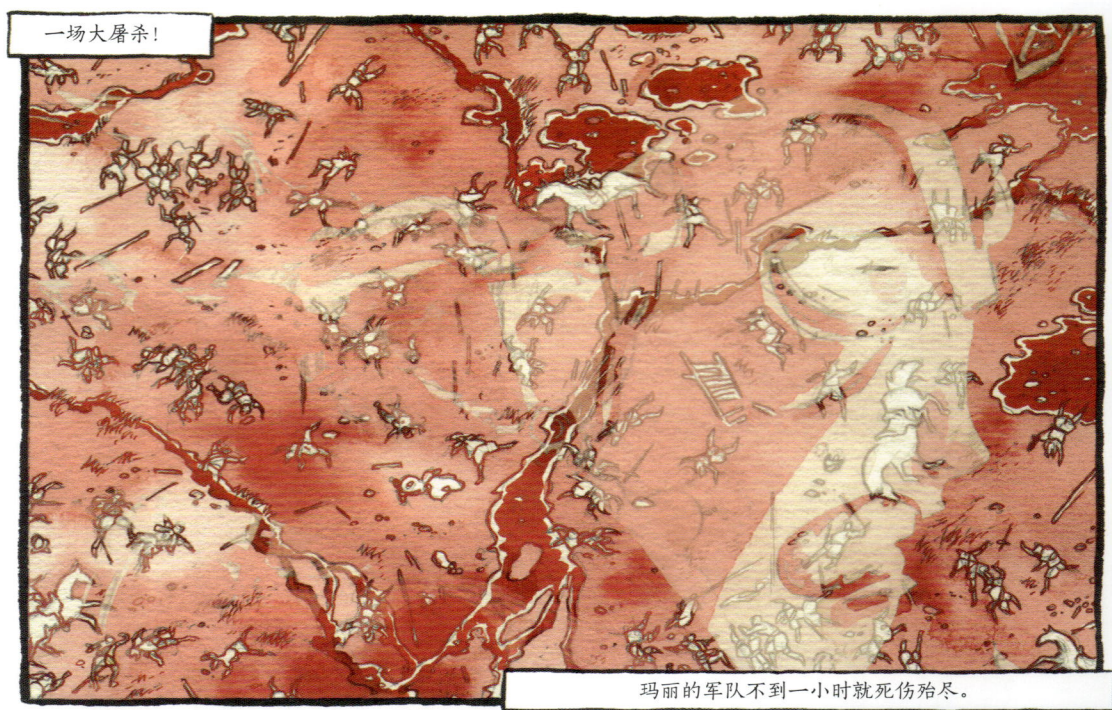

玛丽的军队不到一小时就死伤殆尽。

她还能怎么办?

据说她策马三天三夜。

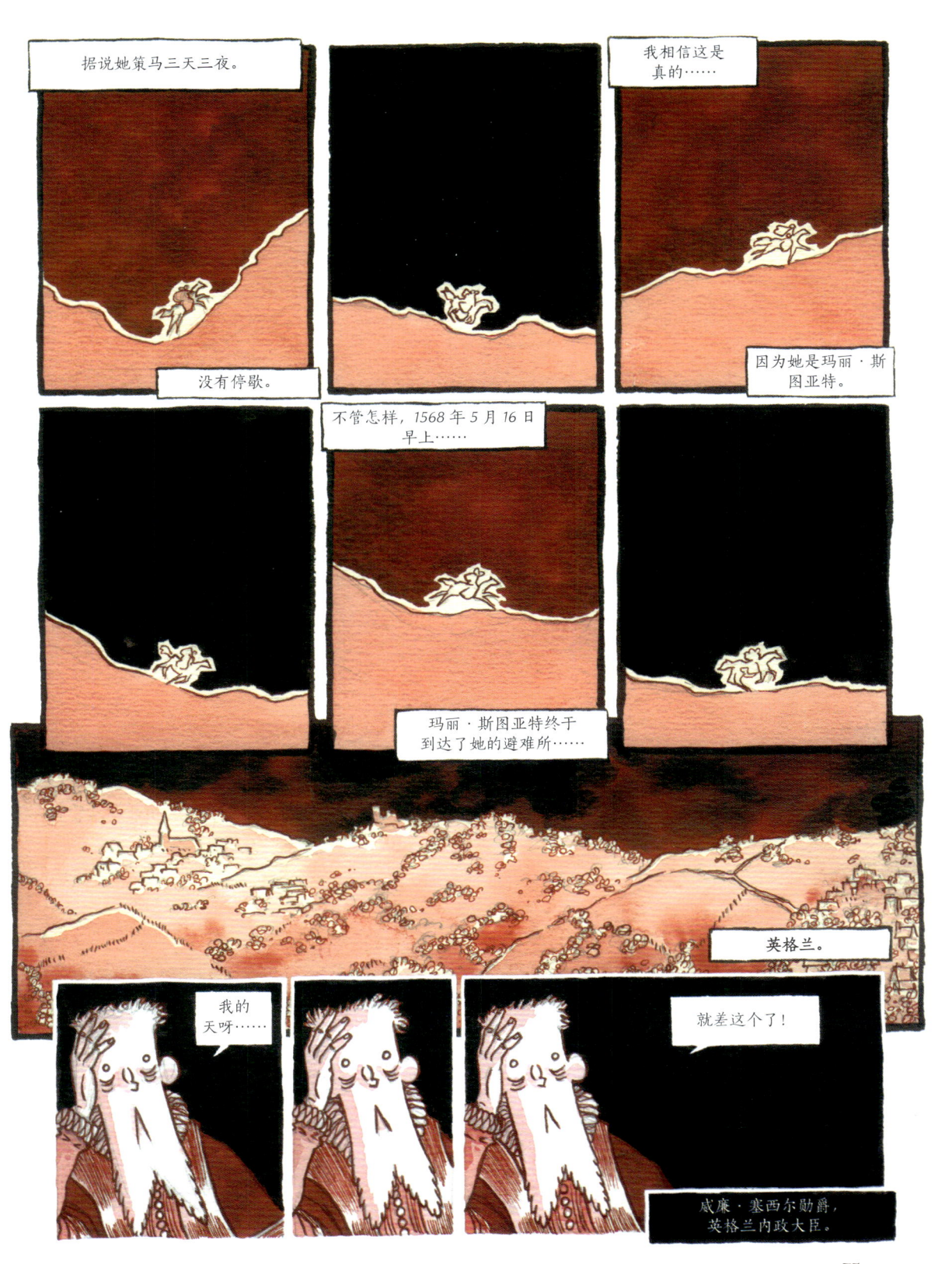

没有停歇。

不管怎样，1568年5月16日早上……

玛丽·斯图亚特终于到达了她的避难所……

我相信这是真的……

因为她是玛丽·斯图亚特。

英格兰。

我的天呀……

就差这个了！

威廉·塞西尔勋爵，英格兰内政大臣。

您想得到吗?

玛丽·斯图亚特到了英格兰。

我最亲爱的姐妹伊丽莎白，

　　您应该已经听说了我所有的不幸遭遇，我就不再赘述了。我为我的臣民做了很多，他们不但不感激我，其中一些人还起兵谋反，要推翻我。他们把我关押起来、羞辱我，最后竟把我赶出了我的国家。我已经到了山穷水尽的地步，除了上帝，就只有您能救我了。请允许我，亲爱的姐妹，尽快与您相见，和您详谈我的近况。

　　我的处境很凄惨，恳请您尽快派人来接我，不是接一位女王，只是接一位淑女。我现在孤身一人，亡命在外，第一天在荒野里奔逃了六十里，随后就只敢晓伏夜出。

　　我请求上帝赐福于您，也请求他赋予我耐心，我期待通过您得到上帝的慰藉。

玛丽·斯图亚特

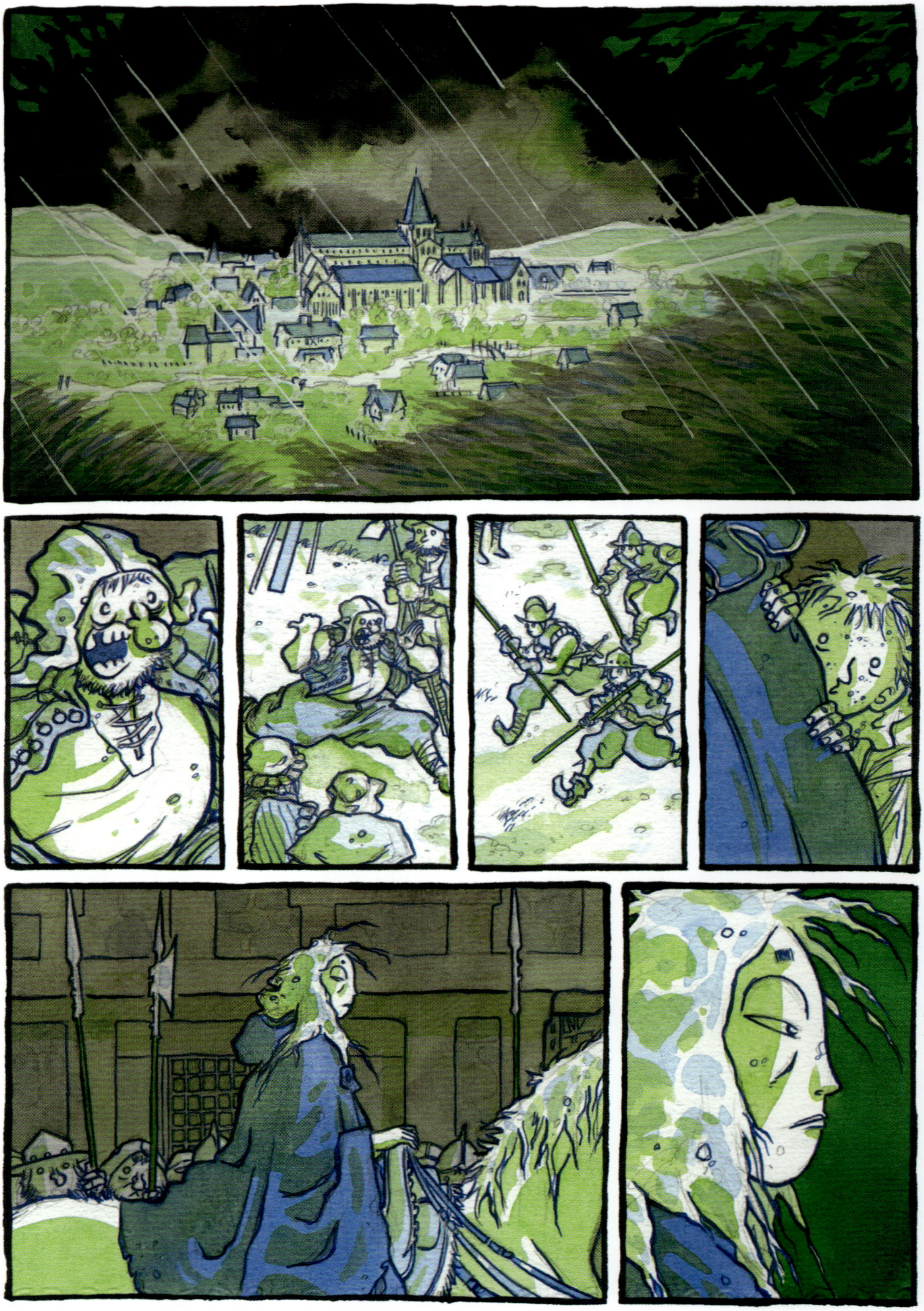

怎么样了？塞西尔勋爵！

我在等着哪！

可是，陛下，我向您保证……

为什么她不见我？

我是女王！

可……

正因为如此……

您的表亲伊丽莎白很高兴……

够了！

您要理解，在您受到指控的这个阶段，接见您对她来说是很困难的事……

什么？！

都给我出去！

我们得把她留在英格兰。

无论如何不能让她去法国……

或是回苏格兰。

留住她。

控制她！

问题是……

我们没有权利这样做！

我也不记得是哪个笨蛋说过：

"一座岛上两个女王，实在是太多了。"

我是女王，是不是？！

我根本就不用解释是否谋杀了我的丈夫！

你们想干什么？！

伊丽莎白不见我，她还在等什么？

时间紧迫呀！

别再跟我说我又要换城堡了！

欢迎来到卡莱尔，陛下！

防止她找到外援。

欢迎陛下来到费雷！

让她远离海岸，那里太容易登陆了。

欢迎来到博尔顿，陛下！

使她离开北方，那里信奉天主教。

最重要的是……

争取时间。

80

[25]

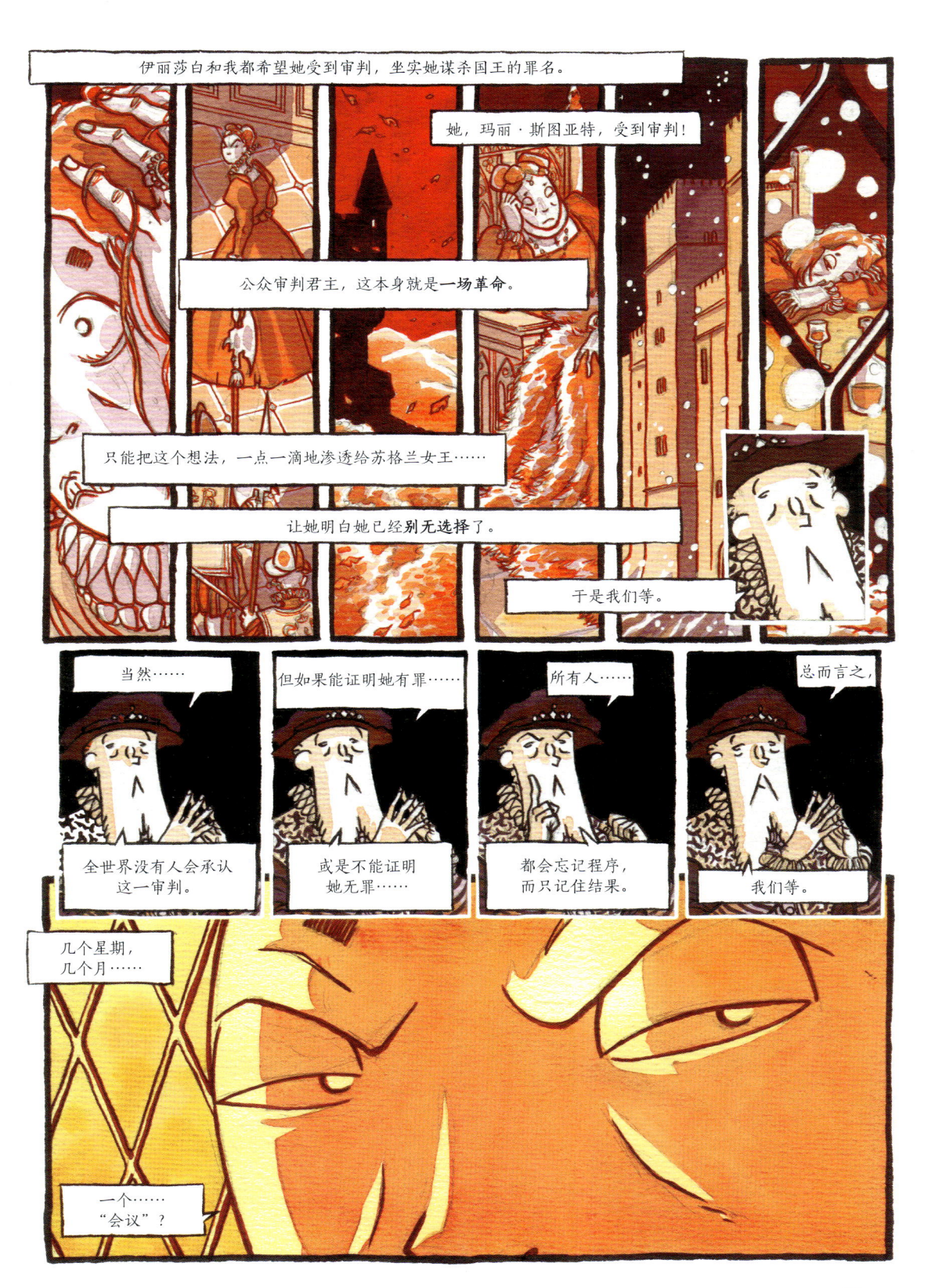

伊丽莎白和我都希望她受到审判,坐实她谋杀国王的罪名。

她,玛丽·斯图亚特,受到审判!

公众审判君主,这本身就是**一场革命**。

只能把这个想法,一点一滴地渗透给苏格兰女王……

让她明白她已经**别**无选择了。

于是我们等。

当然……

全世界没有人会承认这一审判。

但如果能证明她有罪……

或是不能证明她无罪……

所有人……

都会忘记程序,而只记住结果。

总而言之,

我们等。

几个星期,几个月……

一个……"会议"?

"哦，是个会议……"

"一个很简单的程序。几个勋爵为您洗清关于您前夫死因的嫌疑……"

"然后，伊丽莎白女王就会马上见您，帮助您重登王位！"

"我对此向您担保！"

老实说，玛丽·斯图亚特没有选择的余地。

我们只是忽略了一个小细节……

我们自己的勋爵们。

诺福克勋爵！

很高兴，终于在这个国家见到一位绅士了！

陛下，我想对您说的话，呃……

至关重要。

我为塞西尔和伊丽莎白一手策划的这场阴险闹剧感到遗憾。

您是女王啊。

为了帮助您重登宝座，我愿意做任何事。

诺福克勋爵……您知道吗？连我自己的儿子都不能来看我。

她以为我就不能再有儿子了吗?

我感谢您的支持,诺福克勋爵。

也请您相信我的感谢会和您给予我的帮助成正比。

一直以来我都知道,我身边需要一个男人。

无所谓他是谁。

怎么样，先生们？

你们最终决定我的命运了吗？

上帝呀，她对他们都讲了些什么呢？

简言之，由同情者变为觊觎者……

由觊觎者变为谋逆者……

由谋逆者变为弑君者……

我们把诺福克斩首了。

他，还有其他几个人。

我们必须想到一些更有决定意义的东西……

而且要快。

什……

什么信?

> 你们疯了！

> 我从没有写过这些信！

> 陛下！
> 这些情书是您亲笔写给博思韦尔勋爵的！

> 这些信清楚地表明，
> 你们不满足于只是通奸，因而谋杀了达恩利勋爵，您的丈夫！

> 达恩利勋爵！
> 苏格兰国王！！！

> 玛丽·斯图亚特！
> 您还有什么要说的吗？

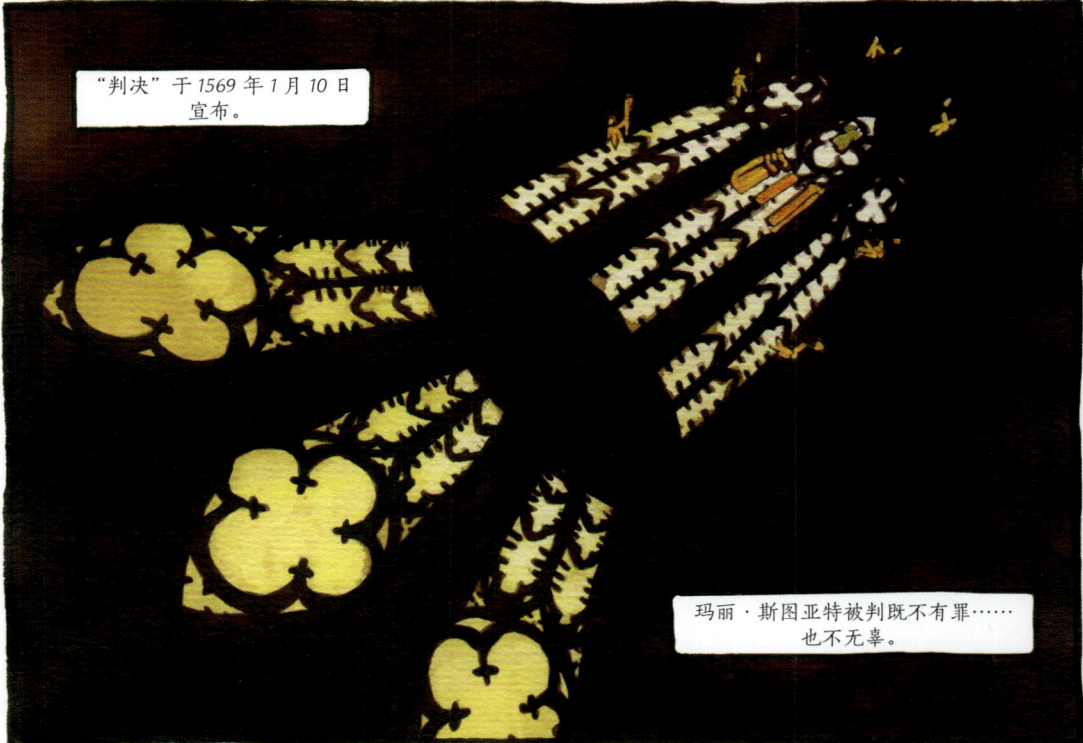

"判决"于 1569 年 1 月 10 日宣布。

玛丽·斯图亚特被判既不有罪……也不无辜。

现在全欧洲都相信是我杀了国王!

伊丽莎白还是不肯见我!

告诉我,塞西尔勋爵……

你们还打算关押我多久?

一辈子?

这个荡妇只不过是罪有应得！

玛丽·斯图亚特是个异教徒！

她是被诅咒的人！

那些臣服于她们的男人

埃米亚斯·波莱特勋爵，玛丽·斯图亚特的看守。

就像所有贪图权力的女人一样！

都是撒旦的奴隶！

可，伊丽莎白……你们的女王……

不是吗？

嗯？

呼，

呼，

她也是个热衷于权力的女人……

伊丽莎白？

嗯？

这……

哦，当然，也有几次潜逃的企图……

然而这些都不足以忤逆她表亲的意愿。

几个爱慕她的勋爵……

玛丽·斯图亚特必须……

被终身监禁。

玛丽，
这个二十七岁的年轻女人，

国王的女儿和孙女，

苏格兰女王，

前法国皇后，

合法的英格兰女王！

终身监禁。

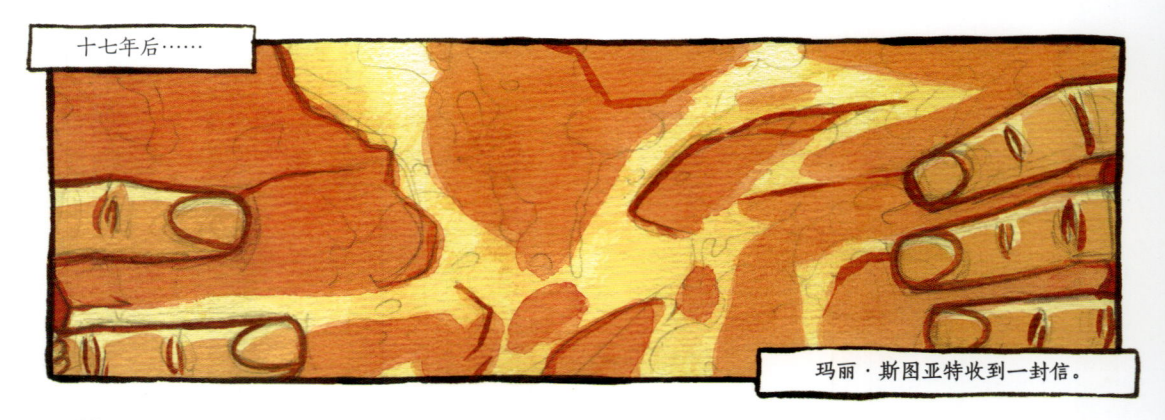

然而……

十七年后……

玛丽·斯图亚特收到一封信。

一个英格兰年轻贵族的第一封信。

他是天主教徒,而且非常大胆。

她最后的情人?

安东尼·巴宾顿。

对,我都准备就绪了!

我甚至找到了和她联系的办法……

耶稣与我同在!一切都是为了这个国家重新获得真正的信仰!

我给玛丽写信,请求她同意我的计划……

就在她看守的眼皮子底下!

也为了除掉伊丽莎白那个疯婆子。

她不可能说不。

玛丽是位圣女。

而伊丽莎白是个魔鬼!

上帝在看着我们呢!

安东尼·巴宾顿,叛乱首领。

篡位者!!

推翻伊丽莎白。

把玛丽推上宝座。

这就是这些骄傲的十字军战士的全部要求。

1586年9月23日，两百名战士准备在巴宾顿的带领下，奔袭伦敦。

不知道他是否意图成为英格兰国王……

反正他永远都不会有机会了。

事实上，他和他的朋友们在起事前三天，9月20日，就被捕了。

安东尼·巴宾顿被活活吊了三天，

然后被阉割，

砍头，

肢解。

伊丽莎白终于得到了她一直想要的……

把玛丽·斯图亚特送上断头台的合法理由！

哈！哈！哈！

| 在玛丽给巴宾顿的最后一封信里, | 因为议会刚刚通过了一项新法令…… | 哈!哈! |

她赞成叛乱!

只要意图推翻伊丽莎白就可以被判处弑君罪!

可我是女——王!!!

这个疯婆子什么都没弄明白。

是的……

历史上第一次……

> 享有神权的君主将被合法地……

> 处死。

> 玛丽·斯图亚特!

> 鉴于我们找到的证据……

> 本法庭宣判您有罪。

> 您还有什么要说的吗?

你们别以为处死一位女王，

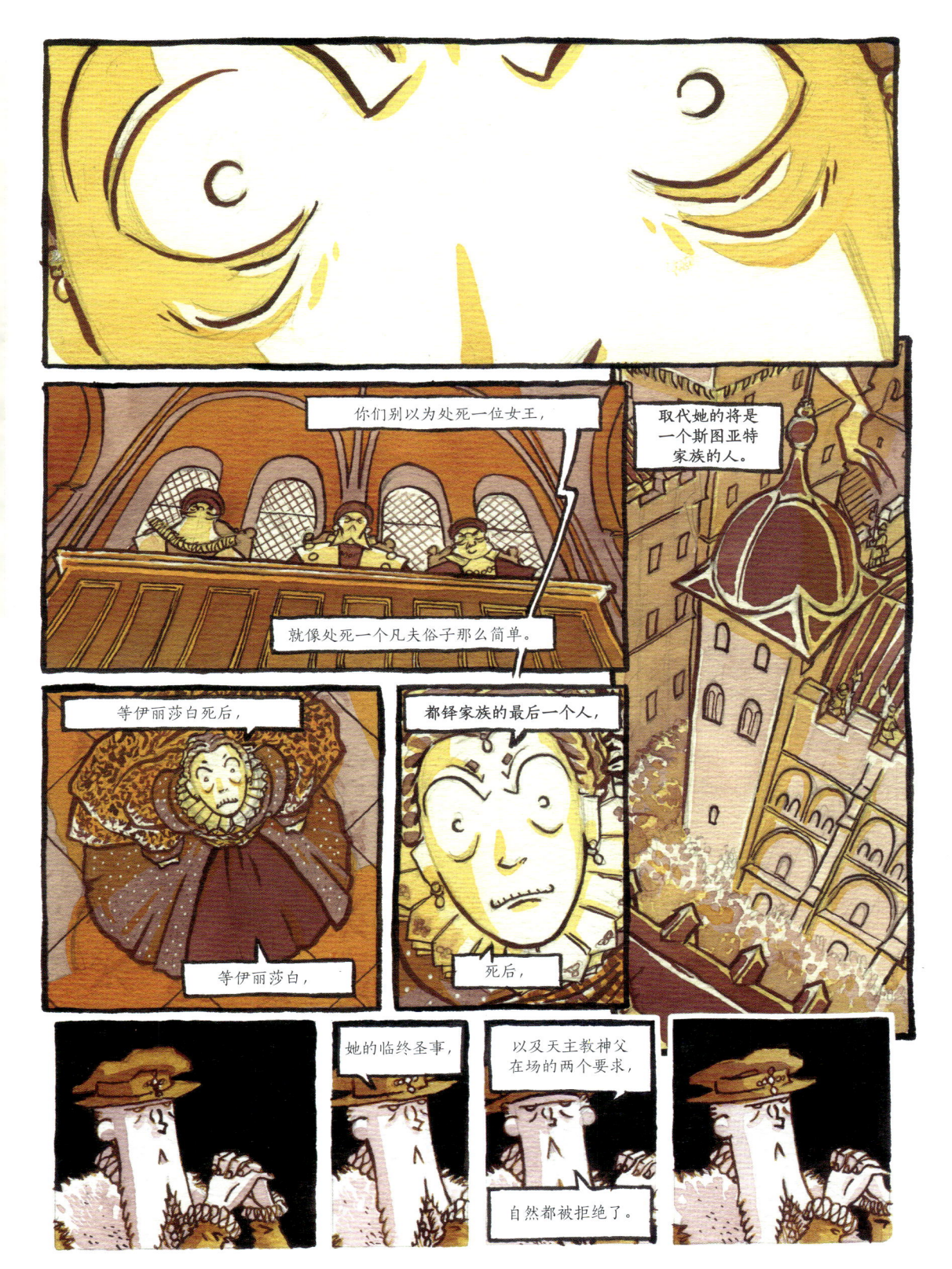

取代她的将是一个斯图亚特家族的人。

就像处死一个凡夫俗子那么简单。

等伊丽莎白死后，

都铎家族的最后一个人，

等伊丽莎白，

死后，

她的临终圣事，

以及天主教神父在场的两个要求，

自然都被拒绝了。

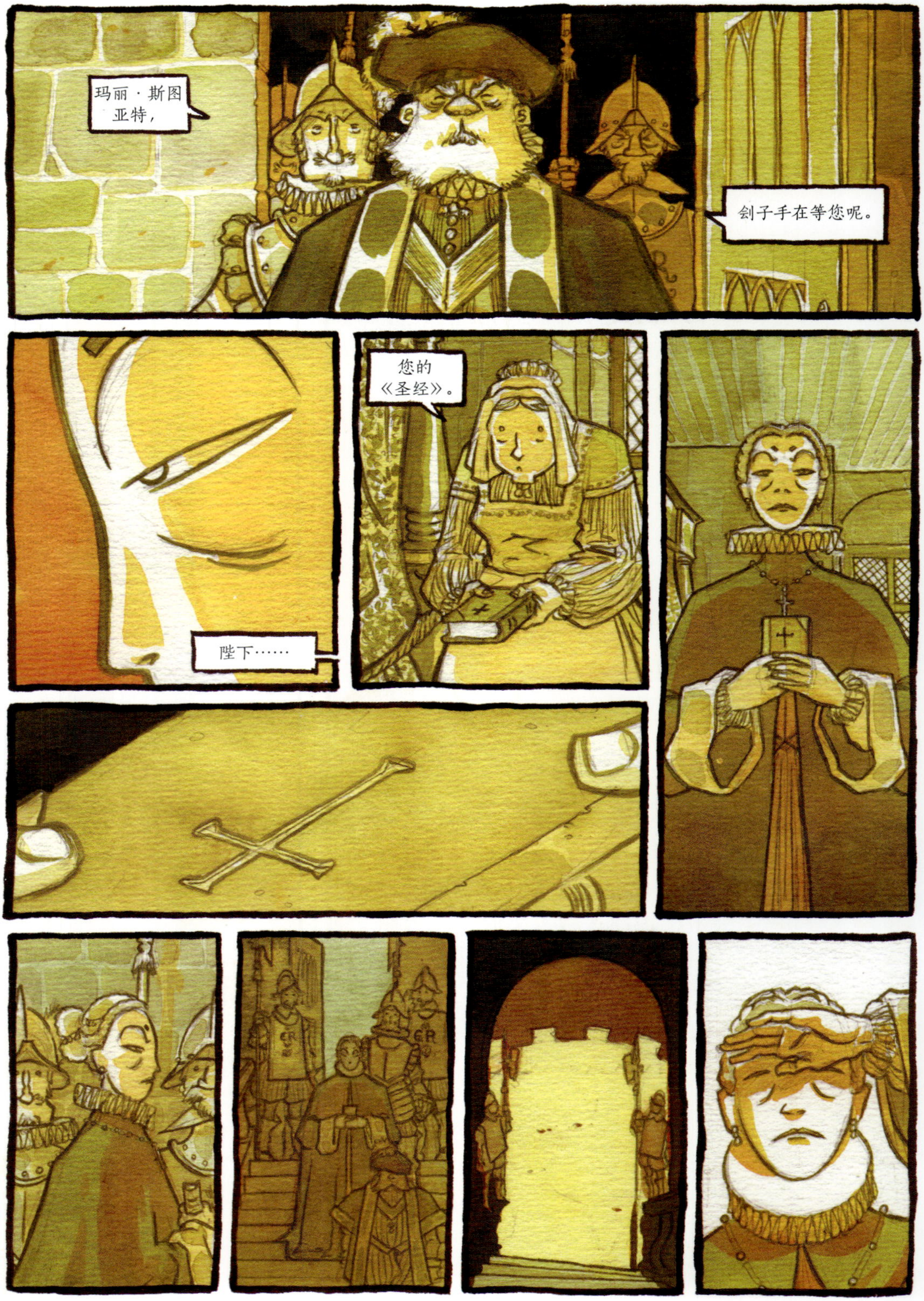
玛丽·斯图亚特，
刽子手在等您呢。
陛下……
您的《圣经》。

[4]

没人说我是她的儿子。

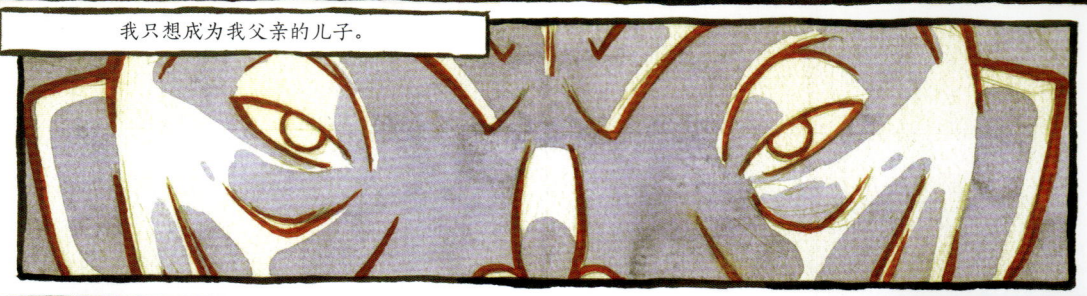

我只想成为我父亲的儿子。

这个女人谋杀了我的父亲。

嫁给了她的同谋。

那时,我还不到一岁。

我要对历史说:

谁敢?

谁敢过来,

责备我没有为我母亲的死掉过一滴眼泪?

这个娼妇,

为了她的性欲不停地出卖她的国家!

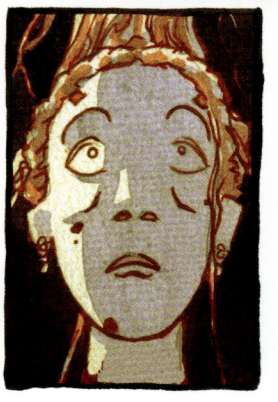

我的母亲。

詹姆士六世,苏格兰国王,儿子。

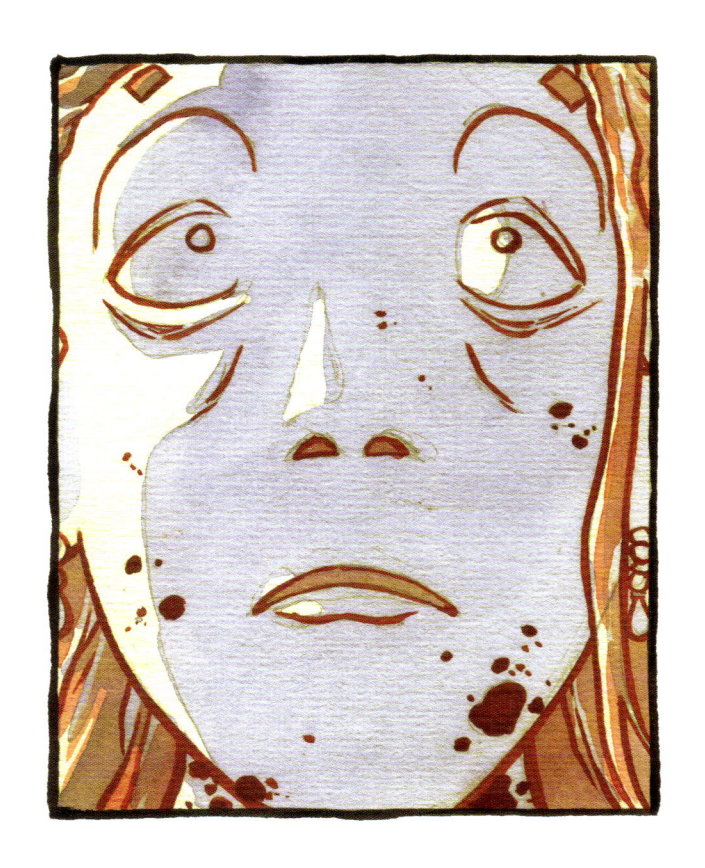

玛丽。

感谢"请来两大杯"的曼努埃尔,没有他就没有这部作品。
感谢鲍里斯和弗朗索瓦,感谢他们不知疲倦的帮助。
感谢我的家人。